外国经典诗歌珍藏丛书

雨果诗选

柳鸣九 / 主编　柳鸣九 / 编选
张秋红　程曾厚　吕永真　李恒基 / 译

时代文艺出版社

图书在版编目（CIP）数据

雨果诗选 / (法) 雨果著；柳鸣九编选；张秋红等译. — 长春：时代文艺出版社，2020.2
(外国经典诗歌珍藏丛书 / 柳鸣九主编)

ISBN 978-7-5387-5747-7

Ⅰ. ①雨… Ⅱ. ①雨… ②柳… ③张… Ⅲ. ①诗集－法国－近代 Ⅳ. ①I565.24

中国版本图书馆CIP数据核字（2019）第241628号

出 品 人　陈　琛
产品总监　邓淑杰
责任编辑　王　峰
助理编辑　王金弋
封面绘画　刘星宇
装帧设计　孙　利
排版制作　隋淑凤

雨果诗选

[法] 雨果 著　柳鸣九 编选　张秋红 等译

出版发行 / 时代文艺出版社
地址 / 长春市福祉大路5788号　龙腾国际大厦A座15层　邮编 / 130118
总编办 / 0431-81629751　发行部 / 0431-81629755　北京开发部 / 010-63108163
官方微博 / weibo.com / tlapress　天猫旗舰店 / sdwycbsgf.tmall.com
印刷 / 三河市万龙印装有限公司
开本 / 880mm × 1230mm　1 / 32　字数 / 315千字　印张 / 14.125
版次 / 2020年2月第1版　印次 / 2020年2月第1次印刷　定价 / 42.00元

图书如有印装错误　请寄回印厂调换

编者、译者简介

柳鸣九

著名学者、理论批评家、翻译家、散文家。1934年生，毕业于北京大学西语系。中国社会科学院外文所研究员、教授，历任中国法国文学研究会会长、名誉会长。学术专著有：三卷本《法国文学史》（主编、主要撰写者）、《走近雨果》等三种；评论文集有：《理史集》《从选择到反抗》等十种；散文集有：《巴黎对话录》《巴黎散记》《翰林院内外》等五种；翻译与编选有：《雨果文学论文选》《莫泊桑短篇小说集》《磨坊文札》《局外人》《萨特研究》、《法国心理小说名著选》等二十余种；主编项目有：《西方文艺思潮论丛》（七辑）、《法国二十世纪文学丛书》（七十种）、《外国文学名家精选书系》（八十种）、《雨果文集》（二十卷）、《加缪全集》（四卷）等，其中有四项获国家级图书奖。2000年被法国巴黎大学正式选定为博士论文专题对象。2006年获中国社会科学院“终身荣誉学部委员”称号。2018年11月19日，获翻译文化终身成就奖，这是中国翻译界的最高奖。

张秋红

上海译文出版社资深译审，著名翻译家、诗人。

程曾厚

先后在南京大学与中山大学法语系任教授，资深翻译家，有译著多种。

吕永真

兰州大学资深教授，著名翻译家，有译著多种，已故。

李恒基

中国电影资料馆资深研究员，著名翻译家，有译著多种，已故。

气象万千的伟大诗人雨果（序）

柳鸣九

1885年5月17日，八十三岁高龄的雨果患重病的消息在巴黎传开了，从这天起，每天的报纸都有他的病情通报。寓所前，总聚集着一批又一批关切探询的人群，不断地有社会名流在门前下车献上自己的名片。

5月22日，雨果逝世，上议院与众议院获悉，立即休会，宣布全国性的哀悼。两院一致通过政府的提案，决定为雨果举行隆重的国葬。

5月30日，雨果的遗体停放在凯旋门下，四周呈星形放射的大道上，路灯与火炬日夜照射，不尽的人流从凯旋门下通过，瞻仰雨果的遗容。

6月1日，葬礼举行，鸣礼炮二十一响，仪仗队由十二名法国青年诗人组成，二百万人群跟随在灵车的后面。

这是法国乃至欧洲最大规模的一次葬礼，是精神文化领域里最崇高的一次哀荣，正如著名作家、历史学家、雨果学权威安德烈·莫洛亚所指出的：“一个国家把过去只保留给帝王与统帅的荣誉，给予一位诗人，这在人类历史上还是第一次。”

雨果出生于拿破仑时代开始后的第三年，其父勃鲁都斯·雨果出身平民，大革命时期参加革命军；拿破仑时期，转战南欧，获将军衔。雨果幼年时曾随军到过意大利、西班牙。雨果十二岁时，拿破仑失败，波旁王朝复辟。由于其父又宣誓效忠新统治者，而其母本来就出身于“路易十六的忠臣之家”，是一个“激烈的旺岱分子”，少年雨果有过一个为时约十年的保王主义时期。

雨果从少年时代就开始写作，很早成名。1819年，与两个哥哥创办《文学保守者》周刊；1822年出版第一个诗集，后又将它增补为《歌吟集》；接着又相继发表了小说作品《冰岛的凶汉》（1826）与《布格——雅加尔》（1826）。

查理十世上台后变本加厉的反动使革命逐渐酝酿成熟，在自由主义思潮日趋高涨的背景下，雨果的政治态度开始有了转变。1826年，因缺乏明确纲领，成立于1823年的浪漫派第一文社解散，雨果与维尼、缪塞、大仲马、诺地埃另组第二文社，开始明确反对伪古典主义。1827年，他在《铜柱颂》一诗中缅怀了拿破仑时代欧洲封建君主国家的武功。同年，他又发表了著名的战斗性的宣言《〈克伦威尔〉序》，成为浪漫主义文学运动的领袖。从这一年起一直到1840年，他以丰富的戏剧、诗歌以及小说创作显示出新文学的实绩。1829年，浪漫主义戏剧《玛丽蓉德·洛尔墨》由于批判了专制王权，遭到禁演。同年，他同情和歌颂希腊解放斗争的诗集《东方集》问世，并出版了批判统治阶级以法律压迫劳动者的小说《死囚末日记》。1830年，他写作了具有鲜明的反封建倾向和新颖的浪漫主义艺术手法的《艾那尼》，这个剧本在七月革命前夕初次演出时，浪漫主义与伪古典主义两派的拥护者，在剧场进行了激烈的斗争。演出最后获得极大的成功，标志着浪漫主义戏剧对伪古典主义戏剧的胜利，成为法国文学史上的重要事件。

1830年七月革命爆发后，雨果以欢迎的态度写作了热烈的颂诗《致年轻的法兰西》。1831年他完成了著名的长篇小说《巴黎圣母院》，上演了剧本《玛丽蓉·德洛尔美》，发表了抒情诗《秋叶集》。1832年以后，他相继发表的作品有剧本《国王取乐》《吕克莱斯·波日雅》（1838）、《玛丽·都铎》（1833）、《安日洛》（1835）、《吕意·布拉斯》（1838）；诗集《暮歌集》（1835）、《心声集》（1837）、《光影集》（1840）；小说《克洛德·格》（1834）以及杂文《文学与哲学杂论》。七月革命以后这一时期雨果的戏剧与小说作品，充满着强烈的反封建反教会的精神，对这时的社会制度和阶级力量的激愤地控诉是这些作品的基调。

金融家王朝的建立与巩固，使雨果逐渐在政治上采取了和现实妥协的态度。1841年，他被选为法兰西学士院院士。1845年后，雨果在文学创作方面比较沉寂，在政治舞台上却很活跃。1848年以前，他一直在君主立宪制与共和政体之间摇摆，巴黎的无产阶级在二月革命中提出推翻七月王朝、建立共和国的口号后，他才坚决站在共和的立场上。这时他被选为制宪会议的成员，对巴黎无产阶级的六月起义抱同情的态度。1848年底的总统选举中，他投票支持路易·拿破仑·波拿巴，不久又成为这个野心家的反对派。他是1849至1851年间国民议会中社会民主左派的领袖。1851年路易·波拿巴发动反革命政变，宣布帝制，大肆进行镇压，雨果和他的政派发表宣言试图反抗，但遭到失败，政变后的12月11日，他被迫流亡国外。

十九年的流亡期间，雨果先后居住在比利时的布鲁塞尔和大西洋中英属泽西岛与盖纳西岛，始终对拿破仑三世的独裁政权进行坚决的斗争。1852年，他出版了对拿破仑三世做辛辣嘲骂的政论小册子《小拿破仑》，并写了揭露政变过程的《一桩罪行的始末》（后于1877年发表）。1853年，他“充满革命气势”的政治讽刺诗集《惩罚集》出版。1859年，他拒绝拿破仑三世的“大赦”。在流亡时期，他的其他文学创作有诗集《静观集》（1856）、《历代传说》（1859）、《街道与园林之歌》（1865），长篇小说《悲惨世界》（1862）、《海上劳工》（1866）、《笑面人》（1869），以及文艺批评专著《莎士比亚论》（1864）。

1870年，拿破仑三世垮台，雨果结束了长期的流亡生活，凯旋式地回到巴黎，受到巴黎人民的热烈欢迎。普法战争爆发后，他持反战的态度，但普鲁士军队侵入法国围困巴黎时，他以激昂的爱国主义热情投入了斗争。他发表演说鼓舞人民的斗志，他报名参加国民自卫军，他捐款铸造抗战的大炮，其中的一尊就以“雨果”命名。1871年2月，他被选为国民议会议员。巴黎公社时期，他在布鲁塞尔，他既同情公社又对公社不理解，但公社失败后反革命刽子手大肆进行屠杀时，他挺身而出，保护被迫害的公社社员，宣布开放他在布鲁塞尔的住宅作为他们的避难所，并积极为被判罪的公社社员辩护，争取对他们的赦免。1872年，他刊行了在1870—1871年法国人民艰难时日中写的诗体日记《凶年集》。1877年以后，他完成了四部诗集：《祖孙乐》（1882），《历代传说》第二、三集（1877、1883），《灵台集》（1882）；两部政论：反对天主教的《教皇》（1878）和批判封建君主权力的《至高的怜悯》（1879），以及一部戏剧《笃尔克玛》（1882）。

二

维克多·雨果是法国文学史上最伟大的诗人，而且，就其创作量之大，诗歌创作内容之丰厚深广、色彩之绚丽灿烂、气势之雄伟恢宏、诗艺之高超精湛，也要算是人类历史上少数几个超级诗歌大师中的一个。他的诗歌集生前发表了十九部，身后又整理出版了六部，共约二十二万行的篇幅，已成为世界诗库中的巨额财富之一。

雨果中学时期即以诗才而闻名。他二十多岁时，第一次出版了诗集《颂歌和杂诗》，其中不少诗乃是少年之作，如《与童年告别》《睡意》与《重建亨利四世雕像颂》《旺岱的命运》等，这一处女作几经增删，一版再版，于1828年定名为《歌吟集》，而在雨果诗歌创作历程中作为第一块纪念碑树立了起来。它对于雨果整个诗歌创作而言，其艺术成就的意义并不如其文献材料的意义。其文献材料性就在于它是雨果早期思想状态与思想发展轨迹的记录与雨果出色的诗才天赋的最初展示。诗集的多数作品都是以社会政治为题材，致力于从君主思想与宗教信仰的高度来发掘社会历史事件的诗意，反映了复辟王朝统治下一个思想尚未定型成熟的青少年在家庭现实利益的无形制约与保守派母亲的影响下那种幼稚的保王主义狂热，而少数若干诗作如《双岛赞》与《铜柱颂》则又表现出这个青年人摆脱了政治偏见而有了与近代法兰西历史进程合拍的自由主义的政治觉醒。诗集无疑显示出了诗人早熟而高超的技艺，但其中与出众的才华同时并存的，是人为求雅的古典主义语言痕迹与夸张、稍逊自然的诗歌风格。

在雨果诗歌创作历程中，1829年问世的《东方集》最先发出了夺目的异彩，它在20年代初以后希腊民族解放斗争如火如荼的历史背景上，由世界各国文化精英纷纷声援并参与这一斗争的时尚所引发，其中若干名诗如《孩子》《卡纳里斯》《罗莎娜》都是直接献给英勇斗争着的希腊人民，充满了激昂悲壮之情。诗集的题材并不限于这片国土，它具有一种对法国人来说是“泛东方”的视野，扩展到了西班牙、中东、阿拉伯世界与非洲，诗人并无对这些异国的经验与实感，他的诗集仅是知识与想象结合的产物。在这里，雨果第一次显示了他作为一个真正诗人的丰富奇美的想象力，画家般的调色渲染的技艺，他以铿锵的词句与悦耳的音节，绘制出一幅幅鲜明灿烂、绚丽旖旎、引人入胜的异域画面，在艺术上足以造成视觉形象上的最佳效果。诗集色彩与风格完全是浪漫主义的，它引起了具有新艺术口味的新一代文学青年的赞叹与欢呼。如果说1830年《艾那尼》的上演完成了法国浪漫主义戏剧的胜利的话，那么，《东方集》则主要提供了浪漫主义诗歌的实绩。

《秋叶集》（1831）的出版是雨果诗歌创作中的一件大事。它是最初显示了雨果的抒情诗人素质一个最美、最感人的诗集，它发出了浪漫主义文学（不论是夏多布里盎的浪漫主义还是拉马丁、维尼的浪漫主义）所具有的一个“共律”与“音色”：忧郁。它并非无病呻吟之作，而是年仅三十岁的诗人初尝了人生苦涩的滋味而过早纷纷飘落的“秋叶”，这时的雨果经历了双亲的去世、长子的夭折、夫妻关系中第三者的插足以及弟弟的精神失常等不幸，由此构成了这些诗作忧郁色彩的心理根由。整个诗集几乎是人的所有情感的全面抒发，这里有朋友的倾诉，有情人的依恋，有丈夫的哀愁，有父亲的挚爱，诗人袒露出自己整个的内心世界，激动而天真地向人诉说自己的心蕴，“对青年人谈爱情，对做父亲的谈家庭，对老年人谈往昔”，他娓娓道出的感情是人之共有的感情，他有意识加以把握的是作为“艺术的基础”的普通人心人情，他让诗句从他“那被生活震撼而造成的内心裂缝里源源而出”，诗句也就具有为他人心灵所接纳的情感形态，而且它们还渗透了对人之存在的永恒忧虑，对生活的不尽困扰以及看破红尘的彻悟，保持了一种凄凉、哀愁、苦闷而又达观的意境。所有这一切使《秋叶集》获得了永存不朽的诗意，这是它大大超越了《歌吟集》与《东方集》之所在，是它在雨果诗歌创作中占有特别重要地位的原因。

不久后问世的《暮歌集》（1835）既是一本新诗集，但又不是一本具有新的独创性的诗集，它是雨果前三个诗集的续篇与综合。在这里，《歌吟集》式的社会政治题材诗作，《东方集》式瑰玮的想象佳品与《秋叶集》式委婉柔情的心曲，杂然纷呈，熔于一集，在内容与灵感上既是过去的重复，也是过去的发展与补充，其和谐、淳朴、严谨、洗练的诗风，精美绝妙的高超技艺已达到了令人赞叹的水平，故诗集亦不失为一部杰作。特别值得注意的是，在近二分之一的历史政治题材的诗歌中，雨果已经充分表现出一个具有坚定、热烈的自由民主主义立场的诗人形象。而雨果与朱丽叶特·德鲁埃①的相识与相爱，则给这个诗集带来了不少真挚感人的爱情篇章，它们是诗人对自己与这个将伴随他终身的巴黎女伶在精神上与肉体上结合的动情咏唱。

《心声集》（1837）虽然也有“色调的差异与时间所带来的发展变化”，它也像《暮歌集》那样“继续了在它以前的那些诗集”，不过，它比较专注于心灵的声音，构成了“应和着我们所听到的身外的歌唱而存在于我们自己身上的歌声的一个回音”。诗集中除了过去创作中已有的那些抒情内容外，对大自然的关注与灵感

① 朱丽叶特：文中的几位译者都译作朱丽叶。

要算是一个新鲜的部分，它呈现为一幅幅别致生动、充满田园牧歌情趣的风光写生与各种气势、各种色调的自然景观的描绘，比较集中地展示了雨果作为大自然画师的才能，特别是《母牛》一诗，更是雨果“第一首象征主义的杰作”。在这部诗集里，雨果力图成为“诗人思想家”的企图也显露了出来，有对日常琐事的沉思冥想，有对享乐主义者与富人的训诫，也有对世纪病的严肃诊断。

《光影集》（1840）在内容与灵感上，同样也有类似《秋叶集》《暮歌集》与《心声集》那种交错复合的状态。但在这里，诗人比过去任何时候都更自觉地保持自己引导人群、进行教化的使命感（如《诗人的使命》《吉他曲》《相见》《致一位诗人》《智慧》等），于是，诗集有了新的琴弦：“对现在提出忠告，为将来描绘梦想的图画，给当代事件做出光辉的或阴暗的反映。”也有新的方向：“自由地堵塞一切谎言的通道，而不论这些谎言来自何处，来自什么党派”，“自由地驾驭陷入各种功利的原则，自由地对贫苦人表示同情，自由地拜倒于各种忠诚不渝的行为之前”。因此，不妨说《光影集》的新意，就在于显示出了诗人介入社会政治现实的身影，至于诗集在艺术上所达到的成就，巴尔扎克早在当时就已做出了高度的评价：“他对形象的感觉令人赞叹，他的色彩丰富瑰丽，他的描写强而有力……雨果在这部诗集里，达到了优雅精美、雄伟素朴的非常境界……他是我们的第一个抒情诗人，单就这个特征，就值得科学院一致选他为院士。”

二

1840年《光影集》出版后，直到1853年《惩罚集》出版，有一个长达十三年的空间。在这期间，雨果未发表过任何新的诗集，这就在雨果的诗歌创作历程上自然划分出前期与后期。在从《歌吟集》到《光影集》的前期阶段，雨果作为诗人无疑已经取得可谓辉煌的成就，他在这个阶段如雨后春笋般推出了一批诗集，成为19世纪上半期法国诗歌领域里最有实绩的诗人，大大超过了资深名重的拉马丁与维尼。他的诗歌视野已经全方位地开拓到每一个领域，从历史政治、社会现实、大自然到个人日常生活、内心情感世界以及奇思妙想的超空间，无不有他的诗情；他的诗歌灵感如泉涌川流，任何事物与题材都引发他的诗兴，都唤起他的咏唱；他的诗歌感受准确而新颖，并且有把丝丝心绪神奇地加以扩展与渲染的能力；他诗的思考颇有抱负，热情洋溢，富于启迪，震撼人心。而在诗歌艺术上，他则已登堂入室，炉火纯青，出神入化，无所不能。尽管他的灵感有时徘徊不定，他的思考有时力不从心，他的表现稍逊浮夸，但不可否认，法国诗歌中出现了一位真正的大师，他巨大的身影已经横亘、笼罩着法兰西诗国。不过，他还大有潜力，他还大有余地，他将由一个诗歌大师，而上升为法兰西民族的偶像。

要以自己的诗歌创作成为民族的偶像，他必须在政治社会领域里有一个巨大的升华。然而到1840年为止，雨果尚未与19世纪任何一股先进的时代潮流紧密地结为一体，作为它的声音，作为它的体现。相反，他还有时落后于时代潮流而属于过去的历史时代，如他曾经是一个天主教、保王正统派的歌手。后来他虽很快变成了自由主义者，但民主主义与人道主义的浩然正气，还没有在他身上充沛起来，而1830年七月革命的民主气息，在他身上只是一拂而过，不久，他又成了君主立宪制的拥护者，这个弯路要算是他1840年后诗歌创作歉收的一个原因。应该说这个弯路不算太小，1845年，他让人把他自己与七月王朝拴在一起，成了这个王朝的“法兰西世卿”。此后，他一直在君主立宪制与共和政体之间摇摆，直到1848年，他仍投票支持路易·拿破仑这个野心家，把他扶上了总统宝座。1851年路易·波拿巴的政变既像是一个晴天霹雳震醒了他，又像是一个巨浪把他逼上了绝路，他被迫流亡国外达十九年之久。40年代初到50年代初，政治家雨果遭到了彻底的失败。但是，正是从这一大段弯路中，从这一惨痛的教训中，失败了的政治家雨果的身上终于有了一个大智大勇的流亡者、一个不屈不挠的斗士、一个坚定热烈的共和主义者、民主主义者的脱颖而出。雨果有此惊人的蜕变，当他回到阔别的诗歌创作中去，他也就有了辉煌的升腾，他成了一种政治激情、一种主义、一面旗帜、一个代表了千千万万法兰西人群的洪大的声音，他成了民族的偶像。

这一升腾就是他的《惩罚集》。《惩罚集》于1853年底在布鲁塞尔出版，是在雨果抨击性政论小册子《小拿破仑》与揭露路易·拿破仑反革命政变的纪实作品《一桩罪行的始末》之后创作出来的，可以说是诗体的《小拿破仑》与《一桩罪行的始末》。诗人在流亡的泽西岛上，怒火中烧，满怀着愤慨的激情，弹响复仇的青铜琴弦，写出了《惩罚集》中《士伦》《黑夜》《赎罪》《良心》《基督的坟墓》《初次相会》《事物的力量》《皇袍》《最后的话》等等这样一些名篇。全诗集几近七千行，是雨果篇幅最巨大的诗集之一，但主题只有一个，那就是对路易·拿破仑这个独裁者的愤怒与谴责。在这里，诗人将拿破仑与小拿破仑加以比较，把英雄巨人与强盗盗贼加以对比，揭露野心家对民主共和的践踏，对反抗者的血腥镇压，对儿童与妇女的屠杀。诗人无比仇恨地诅咒暴君，唤醒人民，号召人民“都来刺他，你咬我追，把卑鄙的骗子的眼睛戳瞎，狠狠地对他猛扑猛打”。诗人发誓自己将永不妥协，不屈不挠，即使他成为斗争中剩下的最后一名战士。他还预言惩罚定会降临，暴君皇帝及其党羽将被投进监狱。《惩罚集》是道义上的复仇，想象中的复仇，它体现了暴政下法兰西民族遭压制的政治意志，喊出了万千法兰西人民被窒息的心声，它是政治讽刺诗、社会抒情诗的辉煌范例，其史诗般的气势，其巨大的规模，其悲愤的力量，其讽刺的辛辣，语言的犀利俏皮，韵律的新颖都超过了世界文学史上的任何一位杰出的讽刺诗人。《惩罚集》出版后，发生了极其巨大的社会政治影响，它被当作革命传单偷运进法国，成为进步人士反对拿破仑三世独裁统治的有力的思想武器。

《静观集》（1856）是雨果后期诗歌创作中格外令人瞩目、并足以名垂史册的三部杰作之二。全诗集一万多行，包括了上至1833年下至1853年这一阶段的未曾结集的诗作。它是雨果各种内心激情与玄思奇想的美妙结合，是他个人感受的汇集，是“作者充满诗情画意的‘我’的日记”，雨果过去诗集中的个人抒情的内容与形式，在《静观集》里，都应有尽有，齐全完备。这里有优美如画的田园诗，如《丽莎》《歌谣》《她已经脱掉了鞋》；有真挚动人的爱情诗，如《一支看不见的小笛》《天气多冷》；有布瓦洛式的讽刺诗，如《答一份起诉书》《谈贺拉斯》；有怀念爱女雷娥波蒂娜的悼亡诗，如《在维勒基埃》《明天天一亮》；有描绘社会下层贫困，抒发人道主义情感以“救济人病”为目的的讽喻诗，如《苦闷》；也有深邃玄奥、启示录式的哲理诗等等。雨果将全诗集的诗作按阶段分成两大部分，形成了在外型上是金字塔，在内部则像拱顶穹隆的整体结构，并且在气氛与色调上从往昔的温柔与蓝色过渡到现今的凄惨与黑色，是雨果从30年代到50年代流亡生活的处境心态的形象体现。整个诗集的内容丰富，异彩纷呈，诗艺则已炉火纯青，诗人哦吟自如，达到了出神入化之境，其中推敲有致、棱角分明、完满无缺、其美至极的诗句在诗集中比比皆是。《静观集》可谓浪漫主义抒情诗的辉煌实绩，但其中有的诗作则又带有某种程度的“超前性”，而具有波德莱尔式、瓦莱里式的象征主义的风致。《静观集》出版后，获得惊人的成功，初版一问世即有“洛阳纸贵”之势，被认为是“法兰西文学中可引为骄傲的最美的个人诗集”。

《历代传奇》不仅是雨果后期诗歌创作的第三部杰作，而且要算是世界诗歌史上的一部雄伟的奇书，以这部诗集雨果实现了他用诗歌表现人类从亚当夏娃到当代的诸世纪历程的宏愿。每篇诗都提供了历史进程的一个场景或一个事件的画面，既是叙事的艺术，也是绘画的艺术。诗集中的历史进程的事件或场景，有些是根据《圣经》故事的，有些是采用民间传说的，有些则是以历史著作记载为本，显示出了雨果在宗教、民间文化、神话与历史等各方面学识的渊博。但这不是真实的历史，而是传奇的历史；不是真实历史的史诗，而是人类精神的史诗，它归结为人类一个伟大无比的向光明高升的过程，突出了人类进步、精神弘扬的一条主线，充满了对暴力、黑暗、罪恶的鞭挞与批判，对正义、人道、光明的歌颂与向往。诗人宏大的历史胸怀与昂扬的战斗精神，非凡的诗歌美的抱负，造就了《历代传奇》意境开阔、气势磅礴、篇章瑰丽的整体风貌。在诗艺上，这里不仅有绘画美，而且也有音乐美。法国著名的浪漫派诗人、唯美主义者戈蒂叶对《历代传奇》的这两种美，曾经做过这样精彩的、形象化的评论："这是条诗歌王国的回廊，廊壁上装饰着一位擅长各种风格的神奇的艺术家绘制的一幅幅壁画，每件作品题材迥异，手法也不尽相同，有的笔调接近拜占庭式的风格，有的表现大胆似出自米开朗琪罗之手，这位伟大的艺术家既精通勾勒头戴棱角分明的盔甲的骑士，也善于描绘赤身裸体、肌肉隆起的巨人。每幅画都有使人活生生地、色彩鲜明地感受到一个逝去的时代的生活，其中掺杂着无数生动、天真的细节描写，大胆放肆但又富有魅力……色彩鲜明似五彩玻璃。"诗集"如贝多芬的管弦乐队，在耳边如泣如诉，继而隆隆作响，雷鸣咆哮。透过韵脚，仿佛听见风声凄厉，雨声叮咚，城头上的荆棘噼噼啪啪，壕沟里的碎石块块下落，大森林在低沉怒号，古老的城堡被拥在森林的怀中几乎窒息。在狂风暴雨中，还夹杂着幽灵鬼神的叹息、万物含混不清的哀诉、对孤独的惊恐与百无聊赖的懒散。这是一组用诗琴演奏的最美的乐章，每个音节都似嘹亮的军号合奏，在耳边胜利地回响。”《历代传奇》这一奇美的鸿篇巨制给雨果带来巨大的成功，它的出版“使那些对雨果最有敌意的文人，最终也对他无与伦比的伟大表示折服”。

法国权威的文学史家朗松，在他的名著《法国文学史》里，曾经对雨果后期三部诗集做了这样精辟的总结：“雨果全在这三部诗集中了，他以前所有的作品都包容在这三部诗集里，在此告终。”同时他对雨果在这以后的诗歌创作又作如此严峻的评价：“他此后的作品，除了个别的例外，都是这三部诗集的重复或废渣。”显然，《历代传奇》是雨果诗歌创做中的最后一个高峰，在这样一个高峰出现之后，任何一个诗人再做些什么似乎就是多余的了。事实上，雨果此后的诗歌创作的确趋于平伏，走向“圆寂”，不过《历代传奇》的第一卷出版于1859年，而最后的第三卷则迟于1883年才出版，两年之后，他即与世长辞。所以，《历代传奇》亦可谓雨果的压轴之作，而1856年的《静观集》、1865年的《街道与园林之歌》、1872年的《凶年集》、1877年的《祖孙乐》、1882年的《灵台集》，既可算是他后期诗歌创作高潮之后的“余波”，亦可算是这一诗歌创作中心周围的“涟漪”。其中《凶年集》与《祖孙乐》

应该被视为颇有特色的两个诗集，前者以日记的形式为法国历史上1870年至1871年这一段苦难时期，为普法战争、巴黎公社这两大历史事件，留下了一份有价值的诗体纪实、诗体写照；后者是一部充满慈祥爱心的作品，以返老还童的情趣与对人伦亲情的亲切感受作诗成集，这在世界大诗人中仅雨果一人，这部诗集出版后被抢购一空，连续再版几次，是雨果最产生轰动效应的作品之一。至于雨果身后整理出版的诗集如《苦岁集》《全琴集》等，则只能说是雨果诗歌之弦的缭绕余音。

三

雨果的诗歌创作视野极为广阔辽远，诗歌创作内容极为丰富厚实。文学史上的诗人，往往只以或基本上只以某种品类的诗作，而只具有或基本上只具有某种单一的基本特质，或为史诗诗人，或为抒情诗人，或为现实讽喻诗人。雨果的整个诗歌创作，则不仅具有各种品类的诗作，而且他各种品类的诗作都是那样丰富，有分量，以至足以构成他作为诗人的各种特质。可以说，他既是法兰西的民族诗人，又是全人类的史诗诗人；既是19世纪特定历史阶段的社会现实讽喻诗人，又是不带时代社会局限的纯粹的抒情诗人。

作为法兰西的民族诗人，他比文学史上的任何一个诗人都更充分、更完备地反映了整个一个历史时代的民族发展的道路，民族生活中的重大事件；从拿破仑帝国的辉煌，旧法兰西传统在波旁王朝复辟中的回光返照，七月革命自由主义精神的昂扬，四五十年代共和主义与专制独裁的殊死斗争以及第三帝国，直到普法战争失败的奇耻大辱与巴黎公社对世界的震动……所有这些都得到了诗人的关注、反响以致介入，都在他的诗歌创作中留下了具有深刻历史意义的篇章，或为吟唱，或为记述，或为热情欢呼，或为激烈抗争。作为民族诗人，雨果体现了民族的良心、民族的是非感与民族的标准。他是民族历程的“书记”，他以全民族的广阔视野、全民族性的深广意识与博大胸怀思索着、吟唱着民族的际遇与命运；他也是民族精神、民族气势、民族品格的表现者，民族呼声的喉舌。只有像他那样豪情奔放，才能把法兰西热爱自由民主的品格表现得那样强烈；只有像他那样雄浑磅礴，才能把见识过、经历过拿破仑时代世界性辉煌的法兰西民族的宏伟气概表现得那样完美；只有像他那样敏感、执着、柔情似水，才能把法兰西民族在苦难年代中的伤痛诉说得那样深沉动人；只有像他那样心中有自己的人民，才能把法兰西爱国主义精神表现得那样高昂。他身上的这些素质，他诗风中的这些品格是他同时代的诗人，甚至是法国文学史所有的诗人都未能同时具备的，这就自然把他提升到了其他诗人所未达到、也不可能达到的高度，提升到了民族诗人的至高无上的高度。而且，他生活在旧法兰西向新法兰西的深刻转型时期，近代法兰西成熟定型的重要阶段，他在民主制度不断成熟、共和政体逐渐稳固的社会进程中经历过不同的思想发展阶段，操持过不同的政治社会视角，选定过不同的政治立场，尝试过不同的政治意识，从保王主义到君主立宪制最后到民主共和，这样，自然也就造就了他那种“能向三色旗致敬而不侮辱百合花”的见识，形成了他“属于一切党派的好的方面，而不属于它们的坏的方面”的特点。这种调和融汇的多元协和精神、这种超党派的全民族的超脱意识，对于一个真正的民族诗人是至关重要的。雨果有了这种精神，才能在以普法战争与巴黎公社为中心诗题的《凶年集》中，抹去了党派色彩而献出了真正的、纯粹的爱国主义的篇章。

雨果不仅在自己的诗歌中大有“民族兴衰，匹夫有责”之慨，而且也非常自觉地视全人类的课题为己任，像对本民族一样，同样关注全人类的际遇，研究人类的历程，对人类的前途满怀希望并热情讴歌，似乎是要以歌唱来迎接它的早日来到。他之能如此倾注其力，就在于他具有一种普天下之激情，他对全人类的爱是真实而深挚的，这就是他成为一个超越了很多诗人、成为一个具有全人类意义的诗人的原因。雨果的这种爱深深根源于现实生活中，他从自己所见识到的19世纪法国的现实与世界其他国家的现实中，痛感到了“使人类与生俱来的幸运遭受不可避免的灾祸”，他期望人类自身的精神中的善与正义成为战胜这些灾祸、罪恶与社会弊端痼疾的力量，他力图招来这种力量。然而，他不是社会改革家，他提不出主义学说的方案，不过他是诗人，是通晓人类史的诗人，他坚信那种能战胜罪恶与黑暗的可能性就蕴藏在人类的历程中，于是，他选择了历史作为他诗学地解决全人类摆脱困境、走向光明这一课题的手段，他要以自己的历史描述来完成一个巨大的任务，那就是从人类的历史中发掘出人类巨大的精力力量，从人类历代传奇中展现出人类那种虽然有不少谬误、缺陷与弱点，但却充满了勇敢精神，比天神朱庇特更为伟大的形象，从而汲取对人类阔步前进的信心，对人类光明远景的希望。宗教的、民间传说的、信史的人类学知识在他手里变成了一个巨大的诗系，变成了足以与荷马媲美的雄伟、恢宏的史诗，而人类发展的历史则神奇地成为诗人启迪与教化的手段，成为人类课题解决的答案所在。这就是雨果作为全人类史诗诗人的世界意义。

雨果是世界文学史上最深介入社会现实的诗人之一。从诗歌创作的起始阶段直到终结，雨果从不以自我隐秘幽深、奇幻难测的内心世界为其诗歌创作的灵感源泉，他从未有过出世的、超脱的倾向，他始终是一个入世的诗人，他几乎是不停地用目光注视着周围的社会现实，捕捉每一个引起他注意的事件与现象，从政治事件到社会现象，他的诗机能全方位地向现实生活开放，敏感地接受现实生活信息，他的诗灵感全天候地为社会事件与社会现象所启动，活跃地命笔而成介入的篇章，这样，他成了19世纪法国社会的讽喻诗人。在他的笔下，种种不合理的社会现象遭到了讽刺、针砭与鞭挞：议院的投票、市政厅的舞会、富人的骄奢、暴君奸臣与权贵、血腥罪恶与政治卑劣……在他抨击最有力的事物之中，除了专制、独裁统治下的种种政治黑暗之外，就是社会的贫富对立与人间地狱中的不平。普通人民的贫困、悲惨与痛苦是雨果诗中常见的主题，他满怀激情揭示人间地狱中男子受饥寒遭重罚、妇女被推进火坑、儿童也受剥削的苦难生活，这类篇章在他的诗歌创作中构成了几乎从始至终的一条红线，充满了强烈的正义感、深刻的同情与浩然的博爱，使雨果成为一个以人道主义力量为其重要标志的社会讽喻诗人。

诗在很大程度上是一种抒情的艺术，在抒情诗上无所作为的诗人不可能成为大诗人。雨果也是在抒情诗上特有建树而在诗歌史上享有崇高地位的诗人。按广义的抒情诗含义，他很多政治社会题材的诗篇，亦可称为政治抒情诗或社会讽喻抒情诗，但这里我们所说的抒情诗，是专指诗人以其个人情感生活为内容的诗作，同样，在这片领地，雨果本人的创作量与创作成就也是19世纪法国诗人中独领风骚的第一人。他的抒情诗主要可分为两种，一种是他的爱情诗，一种是他的亲情诗。

正如在创作方面具有无限充沛的精力一样，雨果在爱情生活上也具有甚为罕见的活力。他一生的爱情生活远非专一、单纯，而是不断有新的对象，当然，在他感情生活中占主要地位的，还是他的妻子阿黛尔与他的终身情妇朱丽叶特。阿黛尔从青梅竹马的伙伴到未婚妻到夫人，是雨果热烈初恋的对象，是雨果第一批抒情诗的引发者，在这个意义上，她帮助了抒情诗人雨果的诞生。但不久以后，她又以其与圣佩韦的婚外恋而使雨果陷入了烦恼与忧郁，在雨果的诗歌创作上又留下了另一道印痕（如《秋叶集》第十四首与第十七首）。1832年雨果认识圣马丁门剧院的女演员朱丽叶特，标志着雨果爱情生活的一次复兴，从此，雨果与朱丽叶特由相恋到同居直至终身相伴，他们的爱情生活又常有戏剧艺术与多次长途旅行之乐而格外充实，成为雨果抒情诗创作的一个灵感源泉。《心声集》中的《致维吉尔》，《暮歌集》中的《在大海边》《对上帝的希望》《在某教堂内》，第二十五首《请送些百合花》，《光影集》中的第二十四首，都是以朱丽叶特为对象的抒情名篇，仅《暮歌集》中献给朱丽叶特的诗就有十三首之多。由于朱丽叶特不仅是情人，而且是旅伴，是戏剧上的合作者与思想上的知己，雨果的爱情诗也就具有多方面的内容，有倾诉心曲的，有记述爱情生活的，也有交流宗教思想与政治抱负的，呈现得十分丰富多彩。雨果的时代是一个追求气势的上升式的时代，雨果本人就有一种磅礴的气势与如王者般的大度，在个人情感领域同样也是如此，这就造成了他的抒情诗的基本风格。在他这里，所抒发的感情不论是纯洁无瑕的柔情，还是散发享乐气息的欲情都是堂堂正正的、健康开朗的，而不是病态扭曲、阴暗消沉、颓废沉沦、纤细脆弱的；他抒发情感的方式也是堂而皇之的，真挚、热烈、袒露、明朗，不事铅华粉饰，不以技巧招式为重，没有吞吞吐吐的语言，没有扭捏失真的作态，只求发出内心深处的真情实感。

在雨果的抒情诗中，亲情诗占有相当大的比重。雨果有一个多兄弟、多子女的家庭，这是他大量亲情诗的现实生活基础，更为重要的是他是一个家族感情、家庭伦理感情很浓重的人，特别对孩子充满了温情与慈爱，并且又把这种温情挚爱的体验与施予，视为自己人生的一大幸福与无穷的乐趣，这更成为他大量亲情诗取之不尽的灵感源泉。他的亲情诗不仅创作量丰硕，而且以其天伦的激情、深厚的爱心、质朴的情趣而对历代读者都永具魅力，就其感情真挚的绝对程度与超时性而言，甚至要大大超过雨果献给女性的爱情诗作，其中有不少不朽的名篇。《静观集》中为爱女与女婿的溺水身亡而作的悼亡诗，悲痛欲绝，令人心碎，早已成为诗歌中的绝唱；晚年为孙子乔治、孙女让娜所写的组诗，既充满了融融天伦之乐，又带有清新感人的画面，还蕴有深刻的寓意，是世界诗史中难得的佳品。亲情诗显示出了诗人雨果身上具有的一种感情力量与人伦魅力，这在世界诗史中唯雨果一人所独有，雨果在这个诗域中的绝对优势，更奠定了他在法国诗歌中如天神、如王者一般的至高无上的地位。

四

雨果是诗歌史上的奇观，他如巍巍的大山，如浩瀚的大洋，气象万千，气度非凡。他是怎样建立起自己这个宏伟的诗国？他靠的是什么？是他的勤奋与天才。

雨果无疑是19世纪法国最勤奋的作家之一。在这方面，也许只有巴尔扎克可与他媲美。巴尔扎克固然有一个《人间喜剧》的宏伟计划在激励着他，但在相当的程度上则是经济窘迫的状况逼使他夜以继日地辛勤劳作；雨果的境况比较好，自我发展也顺利得多，从少年时代起，他的起步与条件就使他有可能立志成为文学中的王者，而不到而立之年，他就已经成为浪漫主义文学运动无可争辩的领袖，在文学领域里叱咤风云。他必须不断地写，不断地推出新作，不断地引起赞美与崇拜来维持自己在这个领域中的至尊地位。他有这种自觉的意识，也有这种自觉的行动，他不断地开拓自己感觉的范围，不断地发掘自己灵感的源泉，不断地锤炼自己的诗句，就像一个辛勤的工匠。像巴尔扎克一样，他也有极为充沛的精力与健康的体魄，保证了不断写作的巨大强度；所不同的是，困窘的经济情况损害了巴尔扎克的健康，而富裕的家境则给雨果的长寿提供了物质条件。他有更多的时间、更多的精力倾注于创作，他一生中几乎什么时候都在写，而且他也几乎把自己一生中所有的感觉与所有的感受都写尽了。更重要的是，更长的生命历程才能保证他在更大的范围与更高的境界来进行攀登与升华。因此，其结果是，如果说巴尔扎克只是法国小说的一个伟大巨匠的话，那么雨果则成为整个法国文学的代表与法兰西民族的偶像。

当然雨果诗国的建成更重要的还是以他的天才。天才并非神秘不可测，它只不过是一般人所不具备的特殊才能而已。雨果作为诗人的才能优势，首先在于他具有极为丰富的感受，极为敏锐的感觉。他不仅比一般人，而且比一般的诗人都有更多的感受神经、感受心弦，能够更多地对任何领域里的任何事物、任何变化、任何信息有所感应，大至政治领域、社会公共领域、人类生活领域，小至个人身边琐事以及内心生活领域中不平凡的或再平凡不过的、重大的或细微的事件与现象，他的感应雷达都不会加以放过，都可以引起他的诗情诗兴，使他产生奇思妙想。与此同时，他这种丰富的感受与他敏锐的感觉紧密结合在一起，使他对每一个事物、每一种现象的内涵、性质、形态、色彩、音响，都有理性而形象、具体而深入的感知与体验。于是，当一个事物、一个对象作为一个诗题出现在他的悟性与灵感中的时候，他的感受能力与感觉能力已经使得它具有充实的内涵、完整的格致、饱满的形态，成了有血有肉、有声有色的雏形。

雨果诗歌天才的另一个突出表现，是他非凡的思维扩充力与思维开掘力，不论是他的理性思维还是形象思维，都具有这种极为优秀的禀能。他不是哲学家、思想家，他的思想不可能带有专业的思辨性与体系的完整性，对他提出这样的要求或者嫌他的思想不够深刻，都是不公正的。事实上，雨果与很多诗人不同，他酷爱思想，他乐于追求在自己的诗歌里表达思想，他这种兴趣与爱好是如此强烈以至很容易暴露出他思辨深度的欠缺与体系的不严密性，这往往成为不少文学史家与文学批评家讥讽的话题。但应该看到，雨果的思维扩充力与思维开掘力是很惊人的，当他产生了一个诗的主题后，他往往能把这个主题扩充、延伸、发展成为一大片思绪。对诗中的一片思绪，人们本来就无权要求它们自成严谨的体系，或带有思辨深度，只需它们具有一种内髓、一掬精英，带有激情的力量就足够了。雨果诗歌中点点的思想观念与丝丝的思绪意蕴正是这样，它们——形成了一种强烈的倾向，一种浩博的精神，一种激越的力量，这种倾向，这种精神，这种力量，就是符合最广大的人群需要的民主主义与人道主义，它们给人以巨大的召唤与感染，这些思想观念、思绪意蕴就像太空中散漫的繁星，成簇地呈现为星云或星系，给人以浩瀚宏博之感，使人灵魂心境为之一新。他的这种特点，正是富于思想的大诗人的标志。雨果是深知形象力量的诗人，他在热衷于表现某种思想的时候，总是特别尊重诗对形象的需要，他很善于把诗题与诗意寓于生动鲜明的形象之中，当他需要扩充、延伸与深化他的思想，当他需要演绎他的思绪的时候，他更善于用一连串的形象、一连串的譬喻、一连串描写性的叠句来加以完成，有的文学史家对他连续不断地使用譬喻不无微词，但他的这种方式正符合诗歌的比与兴的要求。毫无疑问，他在这方面的能力是超人的。

雨果是一个具有非凡的思维开掘力的诗人。这里所谓的思维开掘力不是指思维自身延伸演绎的能力，而是指在认知上或在想象上对客观事物、客观对象的本质与表面进一步加以发现与把握的能力，这种能力分为两个方面，即理性的与感性的。理性方面的思维开掘力是靠悟性与知识来完成的，雨果在这方面是一个惊人的高手。他的诗歌涉及不少历史人文、地理自然等方面的知识，他的这些知识绝大部分并非来自他自己的实践与参与，其中很多固然是来自对有关方面书籍的研读与涉猎。但他的研读与涉猎往往是半途而止的，其余一半的行程则往往是靠他的悟性与推理来完成的，这种能力实为常人所不具有。感性方面的思维开掘力则是靠形象思维、想象来完成的，形象思维单薄、想象力欠缺的诗人，肯定是贫乏的诗人。在想象力方面，雨果显然也是一个超级天才。想象力是他诗歌的雄健的翅膀，有了它，雨果在诗歌创作中如天马行空，随意超出时空的疆界而自由驰骋，他的诗歌有那么多对于异国、对于历史时代、对于幻境、对于奇特事物的描写，这些描写是那么丰满多姿，鲜明活现，五彩缤纷，有声有色，都出自诗人丰富而又细致入微的想象。

雨果诗歌天才的第三个方面，是他所具有的高超非凡的表现力，也就是高超非凡的诗艺。对于诗人来说，表现力机能的核心问题是语言与格律。雨果首先是法语语言的一位大师。他这位浪漫派的领袖，彻底清除了古典主义、伪古典主义在法国文学语言中留下的积淀与痕迹，使法语在他的笔下不拘陈规，如生龙活虎，极具表现力。他在诗歌创作中，既善于使用清丽典雅的传统诗歌语言，又能驾驭生动活泼的通俗用语，甚至能将儿童的口语与顽皮话引入诗歌。他是法国作家中拥有词汇量最大的一个作家，可谓辞藻王国之君。他如伟大的统帅，得心应手，自由自在地调遣这支无比庞大的词汇大军，摆出各种各样的阵势，造成千变万化的景观，生出无穷无尽的意趣，他把每一个语言词汇都运用得如此准确贴切，如此熠熠生辉，其技艺出神入化，有如达·芬奇之于色彩，米开朗琪罗之于雕塑。雨果是法国诗歌中最精于格律声韵的大师，他虽以十二音节的亚历山大体为其主要的格律，但也常运用从一音节到十二音节的多种音节，以长短不同的诗句组成各种不同的诗节，使诗节的结构变化多端，各异其趣。雨果在押韵上是一个罕见的超级能手，即使是在短诗行狭小的空间里，他也能轻而易举地完成，而且，任何技术词汇与专有名词都难不倒他，他甚至可以神奇地把拿破仑三世手下走狗的名字用来押韵，使他们成为音响的囚徒，使诗歌的节奏成为他们的监狱。这种思想倾向与诗艺技巧的高度结合，不可谓是出自神来之笔，足以令人赞叹不已？

2011年12月

目录 Contents

秋叶集（选）

暮歌集（选）

心声集（选）

光影集（选）

惩罚集（选）

静观集（选）

凶年集（选）

历代传说（选）

街道与园林之歌（选）

祖孙兵（选）

歌吟集（选）

张秋红　译

铜 柱 颂[①]

山从尘土起，
海自细流来[②]。

一

啊，复仇的古迹！永不磨灭的胜利纪念碑！
铜柱啊，你拔地而起，巍然屹立，何等崔嵬，
仿佛将你的光荣带向虚无缥缈的天空；
那巨手所创造的奇迹，如今只有你
岿然独存；——啊，你这巨人的丰功伟绩
　　所留下的辉煌的遗踪！

啊，伟大帝国与伟大军队的象征，
圆柱啊，你流芳千古，高耸入云！

① 此铜柱位于巴黎市中心旺多姆广场，顶上有拿破仑一世立像，系1806—1810年拿破仑为炫耀武功用缴获的一千二百门大炮熔铸而成，故又名“凯旋柱”。

② 引自古罗马诗人维吉尔（前715—前19）的《农事诗集》。

我爱你：异邦人怀着敬畏之心将你赞美。
我爱你胜利的浮雕上的英雄；
所有这些烈士的光荣
簇拥在你的周围。

我爱从你的侧面，啊，光芒四射的圆柱，
看这些战士复活，他们洒尽热血的道路
曾越过多瑙河，越过波河！
你像一个勇士将被征服的敌人踏在脚下。
我爱你装饰着军旗的柱顶和你用盔甲
　　铸成的底座！

你和亨利铜像结为伴侣，我为你们而骄傲：
我爱看你们双双挺立，啊，祖国的荣耀，
你们永垂不朽，俯瞰我们熙熙攘攘的行人，
你们这一对孪生儿象征着爱与怒，
　　它是人民俭朴的产物，
　　你是异国武器的化身！

多少次啊，当夜幕中隐藏
那银色的月亮或闪烁的繁星的晚上，
我来到你身边，带着忧伤，将你的荣华追念；

投出燃烧般的目光回顾你的历史，
我这夜间的来客缅怀你如此灿烂的往事，
　　好比一个牧人出席国王的盛宴！

多少次啊，法兰西的圆柱，我在回忆中听到
敌人的大炮在熔炉中吼叫！
多少次啊，你的战士纷纷复活，
我从你的身上听到他们击剑的声响，
　　看到那四面八方
　　连天的烽火！

啊，纪念碑，那些肆无忌惮的外来敌人
即使人多势众，在你的面前也未曾得逞。
他们的脚步震撼不了这至高无上的铜柱。
一旦命运将他们驱向我们的海岸，
你那战斗的队伍就像铁流一般
　　打得他们溃不成军，招架不住！

二

什么？难道我会听不见你的低吟，
你那甲胄从头到脚发出的细微的声音？

啊，圆柱！我好像感到一阵眼花缭乱，
你铜铸的大队人马好像要奔下圆柱……
你所有慷慨捐躯的传奇式的英雄人物
向天国的进军好像突然中断！

他们的呼声将古老的铭文与地名两相混合：
“塔兰托[①]，勒佐[②]，达尔马提亚[③]，特雷维佐[④]！”
他们的雄鹰飞出沉睡的梦乡，
紧随这长着一对火红色尖喙的双头鹰，
这阴影的朋友在黑暗深处停止了飞行，
将目光扫向鹰群，犹如扫向太阳的光芒！

怎么了？——啊，罗马所羡慕的铜柱，
你凌空绝世，竟受到什么难堪的侮辱？
你的军团怎么竟像个孤儿似的战栗？
谁唤醒了这些永垂不朽的英灵？
这些用翅膀拍打你的底座的雄鹰
让谁给唤起那压在被束缚的利爪下的霹雳？

---

① 塔兰托：意大利东南部古城，爱奥尼亚海塔兰托湾的港口。

② 勒佐：即勒佐加拉勃利亚，意大利南部古城，西临墨西拿海峡。

③ 达尔马提亚：南斯拉夫一地区，包括亚得里亚海沿岸与附近一千多个小岛，今为克罗地亚共和国一省。

④ 特雷维佐：意大利北部古城，今犹存中世纪与文艺复兴时期古迹。

三

我深知：那些外国人要将我们的记忆勾销，
他们要一页一页地将我们的历史撕掉，
全不顾写成历史的是我们的热血与利剑。——
啊，亡命之徒！他们可敢碰一碰这胜利纪念碑？
这铜柱蕴藏着怒火中烧的惊雷，
　　每一朵火花就是一道闪电！

他们莫非要将我们军队的统帅拿破仑打击？
他们莫非要从我们普照世界的光荣里
夺去我们古代那些将军的遗产？
他们对于如此的重负毕竟无能为力：
亚历山大大帝[①]的帝国与阿喀琉斯[②]的武器
　　只能由英雄分担。

但奥地利人却在聊以自嘲的狂妄中满足，
而我们英雄的名字仅仅意味着他们的耻辱。
他们的败北使我们的勇士大显神威。

① 亚历山大大帝：前356—前323，马其顿国王，其所建帝国于极盛时期曾东起印度河西至尼罗河与巴尔干半岛。

② 阿喀琉斯：希腊神话中远征特洛伊的阿凯亚人中最英勇的将领，荷马史诗《伊利昂纪》的主人公。

他们对少于封建附庸的胜利者忧心忡忡，
他们对我们军用马车上的花饰予以宽容，
　　只要那些花仅仅是月桂[①]。

啊，铜柱！他们面对你无比灿烂的光辉
竟因一役之功而得意，难道从来不想赎罪？
这猖狂的人们怎么会如此鲁莽？
难道践踏我们的史册就不受制裁？
他们究竟是怎么阅读你展开
　　在空中的这凯旋的篇章？

难道这文字他们怯懦的目光竟不认得？
啊！但愿他们在金字塔下[②]，在维也纳，
在古老的克里姆林宫，在埃斯科里亚尔宫[③]，
向那些国王学习这文字，那无数富丽的宫廷
不久前曾遍布法兰西帝国的门庭，
　　犹如满是灰尘的帐篷！

① 雨果原注：“奥地利拒绝承认在它看来是加封于其领地的称号，但只要能唤起胜利的回忆的那些封号偏又接受。”

② 1798年7月21日，拿破仑于埃及吉萨金字塔附近大胜马穆鲁克。

③ 埃斯科里亚尔宫：西班牙王宫，在马德里西北。

四

那些与我们对抗的外敌在打什么主意?
难道昨天的欧洲不曾沦为我们的奴隶?
我们岂能容忍它的桎梏进行可耻的报复!
不!我们有勇气重整旗鼓,再赴沙场。
他们毁伤过我们的肢体;但时光
　　也许让雄狮的利爪重又长出。

他们凭什么权利将我们的光荣摧残?
波旁家族曾一直哺育我们的凯旋。
我们的国王曾为你将颤抖的敌人拦阻,
啊,胜利纪念碑!你的荣誉积满他们的脚边;
　　倘若你的四只雄鹰正在安眠,
　　那多亏白旗的庇护。

什么!地球正因电的火山而摇撼;
美洲在大西洋彼岸纷纷呐喊;
伊斯坦布尔在咆哮;艾蕾[1]回到远古的年代;
里斯本竭力挣脱英格兰的束缚……

---

① 艾蕾:希腊神话中彼俄提亚国王阿塔马斯之女,堕海而亡。

而历史悠久的法兰西人因只有他人的脚步
　　才使世界战栗正独自愤慨！

当心啊，外国佬；我们从来就善于创造！
优哉游哉的悠闲对我们的诱骗只是徒劳，
我们对战争的舞台是如此心驰神往！
由于缺少利剑，无所事事，赤手空拳，
　　我们竟弹断竖琴的琴弦！
　　我们唱着歌，就像祖先在打仗。

当心啊！——法兰西早已长大成人，
再也不死气沉沉，再也不忍气吞声！
我们的雄师有朝一日将排山倒海，铺天盖地。
面对异族的凌辱，我们万众一心，斗志昂扬，
人人拿起武器，在滑铁卢的磨刀口上，
　　旺代将宝剑磨得格外锋利。

你们真是欺世盗名！——什么？难道有必要
到你们所有的战场去拔掉战时的路标？
难道有必要抛开这些因价值而永存的名字，
到你们那里去寻求新的洗礼、新的光荣？
　　你们大炮本身的青铜

　　难道不就是令人信服的标志？

外来的敌人将撕碎法兰西的纹章！
由于我们的掉以轻心，他们将更加嚣张，
他们卑鄙的铁锤将打向我们骄傲的纹章牌！
啊！……好比那震撼世界的古罗马人，
法兰西人啊！你们战袍的褶痕
　　将战争与和平一起带来。

你们的翅膀将在浮想联翩的时候
从加的斯[①]飞向非洲，从莫斯科飞向亚洲。
你们奔跑着将英国人、俄国人与德国人驱逐；
面对你们致命的号角，那些城楼将应声而倒；
　　你们的军旗知道
　　通向所有国都的征途。

当他们的命运和你们的命运权衡轻重，
所有的民族都相形见绌，甘拜下风。
你们美名的盛誉没有谁足以相提并论。
所有的国家都围着你们不断地团团转。

---

① 加的斯：西班牙城市。

你们的星辰一出现，所有的星辰就顿时暗淡；
　　你们前进时，全世界都步着后尘！

当卑躬屈节的奥地利在你们的四周回旋，
法兰西的两位巨人曾践踏它的王冠！
打开古老的先贤祠大门的历史
留给德意志秃鹫的额角的伤痕至今犹存：
　　一处来自查理大帝的凉鞋，
　　一处来自拿破仑的马刺。

前进吧！——你们虽然失去那带着你们的雷霆
展翅出巢飞过所有高傲的头颅的雄鹰；
但你们依然保存着方形王旗与百合花。
而今高卢雄鸡正唤醒整个世界；
它的啼声足以向你们深沉的黑夜
　　预示奥斯特利茨[①]的朝霞！

五

正是我刚才坠入沉思！正是征战的呼声

---

① 奥斯特利茨：捷克斯洛伐克城市。1805年12月2日，拿破仑于此大胜奥俄联军。

刚才伴着我那撒克逊人的名字使我出神！
正是我刚才随着一面胜利的旗帜飞驰！
正是我的呐喊曾经在号角声中时断时续，
将一把宝剑的金饰作为最初的玩具！
正是我早在孩提时代就成了一名战士！

不，兄弟们！不，这等待时期的法兰西人！
我们全都风华正茂，面对营帐的大门。
啊，从未搏击长空的雏鹰，在和平的环境里，
对父辈的荣誉我们无论如何要加倍爱护，
啊，警惕的哨兵，请千万提防任何凌辱，
　　请捍卫我们祖先的战衣！

1827年2月

致瑟里兹山谷[1]

我漂泊在天涯，满怀羁愁……
我空自寻求，无人为我分忧。
——圣诗第六十八首

请允许我步你的后尘。
——圣诗第十六首

旅人坐在你静谧的浓荫下小憩，
啊，美丽的山谷；他孤独而忧伤，边想边瞧
那避开鸣禽的飞鸟，那游蛇污染的清溪，
　　那山风摇动的灯芯草！

唉！人躲避着人；烦恼往往趁人未老
就潜入崇高而纯洁的心灵深处；
倒是那风华正茂就被突如其来的风暴

① 雨果于1821年6月27日其母去世后，自7月16日至18日，徒步旅行德勒，并与阿黛尔·富歇及其父母相聚。途中，其双脚曾浸于德勒附近瑟里兹的溪流里。

摧毁的微贱的芦苇来得幸福！

啊，山谷，旅人恳求这风暴快快停息。
他已经倦于跋涉，但要到达目的地
　　还有遥远的路才能结束痛苦；
他展望前途，仅仅为了寻找帮助，
但透过密布的阴云里一缕暗淡的晨曦，
　　只见未来的一片荒芜！

他将满怀厌倦地忍受他可恶的生活。
那虚荣所羡慕的伪善带给他什么收获？
他追求一颗忠诚的心，他患难中的友人；
但只是徒劳：谁也不来帮他铺平大道，
那些凡夫俗子，谁也不因他快乐而欢笑，
　　谁也不因他哭泣而热泪纵横！

他的命运就是见弃于人；他生涯的孤独
犹如无依无靠的翠柏生于幽谷。
远离着他，纯洁的百合花在阳光下盛开；
为了让他可怜的影子感到鼓舞，
　　一株年轻而多情的葡萄树
竟从不伸出枝条去搂抱碧绿的花彩。

在攀登山峰之前，
旅人向山谷觅得片刻的安宁。
他的烦恼终于面临一片寂静。
在人间他孑然一身；这里，啊，温柔的侣伴，
紧随他的依然是孤苦伶仃！

你们像他一样孤独，但比他更从容，
啊，含笑的幽静处，草坪，树丛，
请拯救这投来人性目光的不幸的人！
河流啊，涌向河岸吧，让你温驯的波浪
冲向他的双脚，洗去城里带来的泥浆，
洗去路上带来的灰尘！

啊！从你的浓荫下获得慰藉后，请让他歌颂
我们最阴沉的岁月里那漫长的美梦，
那心灵如此纯洁、笑容如此美丽的姑娘！
假如他枉自渴望有一天与她结成良缘，
那至少让他从永存的灵魂里将墓园
不朽的婚姻朝思暮想！

这尘世决不能将他的思想制伏；
美好的希望使他挣脱凄楚的回忆；

两个幽灵从今将指引他人生的征途；
一个属于过去，一个在未来的岁月里！

啊！请告诉我，你几时来？哪个上帝将你引向
你所同情的人，使你如此可爱而温存？
　　啊，亲爱的星辰，你几时发光，
像一轮新的太阳，照耀他孤儿的青春？

他征服不了你啊，高尚而可贵的少女，
倘若他不以永志不忘的美德为代价；
他听任灯芯草随着风的意志低下头去；
他将是高大的橡树，面对着暴风雨
　　宁可折断，决不跪下。

她渐渐露出笑影，显得如此赏心悦目。
　　再见吧，清泉，绿茵，
你为他的呻吟传出回声的美丽的山谷，
　　你让哀伤平息的幸福的树林！

啊，谁若能从生到死一直在幽谷的怀抱
与慈父般的山野为伴，那真是其乐无穷！
　　他全然不知坐世的烦恼，

他永远只看见万里长空！

1821年7月

依然献给你[①]

从此相知无绝期！

——蓬弗雷名言

向你！永远向你！我的瑶琴将什么歌颂？
向你赞美良缘！向你将爱情的衷曲倾吐！
还有什么别的名字能引起我的激动？
难道我还会别的歌？难道我还有别的路？

正是你的目光照亮我漆黑的长夜；
正是你的形象照耀着我欢乐的梦境；
天上的月华从你的秋波里向我流泻，
正是你挽着我的手在黑暗中前进！

正是你深情的祈祷守卫着我的命运：
当我的天使进入睡乡，正是你将我保佑；

① 此诗献给阿黛尔·富歇。

我的心一听见你羞怯而自豪的歌声，
就鼓舞命运投入人生的战斗。

我的衷情不正在颂歌的天空里向你倾诉？
你在我的田野里不正是异域的花朵？
啊，天仙的妹妹，你的心在我的灵魂深处
反映着她们的光芒，回响着她们的颂歌！

当你脉脉含情的眼睛将我凝视，对我说话，
当你的衣裙擦着我发出轻微的声响，
我觉得碰到的是圣殿的某面薄纱，
我赞叹如托比[①]：我的黑夜里有位天使在场！

当你驱散我一片痛苦的阴云，
我懂得我们的命运不可分开，
犹如那倦于长途跋涉的神圣的牧人
看到一位姑娘向清泉走来！

我爱你宛如高于我生命的生命，
宛如高瞻远瞩的古老的祖先，

① 托比：圣经故事中的人物。《旧约·逸经》有《托比传》。

宛如妹妹因我的烦恼而惊心，
宛如最后的婴儿得自垂暮之年！

唉！我如此爱你，只有你的芳名
才使我痛哭，因为生活竟如此充满苦闷！
绿树偏向别处留下供人休憩的浓荫，
在这阴郁的荒漠你竟然无处安身。

啊，上帝！请让安宁和欢乐与她共存。
别惊扰她那属于你的岁月吧，上帝！
你应该为她祝福，因为她忠诚的灵魂
不断向美德探索幸福的奥秘。

1823年

仙　女

……麦布女王来看了我。正是她使不朽的心灵在梦中也将眼睛睁大。

——埃米尔·德尚：

《罗密欧与朱丽叶》[1]

在一个无比甜蜜的梦里，
我见到郁叶尔或莫佳娜，
我爱那仙女玉骨冰肌，
翩然而至，俯身将我偎依，
宛如一朵飘落的鲜花。

正是她奏出雄壮的旋律，
从象牙诗琴上让我重温
你们不可思议的奇遇，

① 此处题词在最初版本（1824）中原来用的是：

"她露面了……就同这些脸儿一样，诗人透过昏暗的叶丛看见他们的眼睛放射着光芒；黄昏漫步时，他渴求爱情而神游幻境，遥望苍天而浮想联翩。

托马斯·莫尔[2]《天使的爱情》"

② 托马斯·莫尔（1779—1852），是爱尔兰诗人。

杰出的勇士啊，虽然那壮举
已经不再是美妙绝伦。

正是她叮嘱我与真理联姻，
和崇高的事业如胶似漆；
正是她希望我手儿强劲，
将行吟诗人的竖琴
同骑士的手套连在一起。

在那呼唤着我的荒漠，
正是她，为了我的灵魂，
躲在我视野中的所有角落，
将每线光芒化作一团烈火，
将每丝音响化成一片歌声；

她窃窃私语，从岩礁间出现，
又隐入波涛汹涌的海洋；
她绞尽脑汁，为了让我喜欢，
将那银光闪闪的白鹳
停在黑色钟楼的尖顶上；

寒冬，当炉火噼里啪啦地响，

正是她蜷着身子藏起行踪，
并向我显示灿烂的穹苍，
那忽明忽暗的星光，
犹如蒙眬的睡眼即将入梦；

当我漫游荒无人烟的城堡，
寻找我们古老的摇篮，
她以无数图景将我环绕，
她使风儿在拱门下呼啸，
仿佛悠久的激流声一般；

晚上，当我还没有进入梦境，
她让我隐约听到狗儿在叫，
她又趁着夜阑人静，
为了催我入眠，去唤醒
树林深处那遥远的号角！

在一个无比甜蜜的梦里，
我见到郁叶尔或莫佳娜，
我爱那仙女玉骨冰肌，
翩然而至，俯身将我偎依，
宛如一朵飘落的鲜花。

1824年

东方集（选）

张秋红　译

卡纳里斯[1]

愿君起而行，切莫空议论。
——古谚

当败北的战船漂流在大海上；
　　当高悬的方帆
被炮弹的急雨打得痛断肝肠，
　　顺着桅杆往下翻；

当船上只见到处横着尸身、
　　船帆、索具、铁锚
与折断的桅樯，狼藉的缆绳
　　如头发般乱七八糟；

当烟雾弥漫、呼声四起的破舟
　　好像车轮一样打转；

① 卡纳里斯：希腊民族独立运动中的英雄，曾于1822年火烧土耳其舰队。

当起伏的人潮从船尾向船头
　　不断翻滚，纷纷逃散；

当长官的话再没有士兵回答；
　　当大海汹涌而轰轰作响；
当甲板间泡在水里的大炮成了哑巴，
　　在一片怒涛中相撞；

当这沉重的庞然大物从海浪里
　　露出巨大的伤口，
这巨人般的战船鲜血淋漓，
　　染遍青铜的甲胄；

当战船像颤动的躯体任凭海浪摆布，
　　让船底露出了一半，
犹如一条大死鱼那漂浮的鱼肚
　　使碧波银光闪闪；

此时啊，光荣属于胜利者！他那黑色的锚
　　向他所击败的敌舰猛扑：
仿佛搏斗以后，一头强有力的大雕
　　将利爪伸向猎物！

然后，他将那海风漫卷的旗帜悬挂
　　在主桅上，犹如升起在塔顶上，
那旗帜映在水中的金光，一会儿变大，
　　一会儿又变得细长。

顿时，世界各民族中最骄傲的色彩
　　出现在人们的眼前，
那鲜红，那天蓝，那银白，
　　飘动在旗帜的皱褶间。

在如此壮丽的景象里，这旗帜非凡的骄傲
　　自夸而又富于自信，
好比愤怒的海涛纵然被恶浪压倒，
　　却始终奋然前行！

马耳他佩戴着十字；神气活现的威尼斯
　　扬长而去的船尾
那纹章上的雄狮使活生生的雌狮
　　也不免望而生畏。

那不勒斯的旗帜多么光辉灿烂，
　　当这旗帜迎风飘扬，

人们仿佛看到金色的丝绸般的波澜
　　从船尾涌向海洋。

为自己贪图财富的舰队，西班牙
　　飞舞的旗帜上面
画着莱昂的金狮、卡斯蒂利亚的银塔
　　与纳瓦尔的铁链。

罗马无比威风，米兰那吞婴蛇的嘴里，
　　婴儿流尽了泪水；
法兰西的军舰那青铜的外衣
　　饰着金色的百合花徽。

伊斯坦布尔在土耳其可恶的新月周围
　　挂上三条白尾巴；
终于获得自由的美洲让金灿灿的光辉
　　闪耀在碧蓝的星空下。

奥地利有只奇异的雄鹰，耸起双翼，
　　从旗帜上发出光芒，
向世界受到威胁的两极
　　射出愤怒的目光。

另一只双头鹰，遵从沙皇的法令，
　　奥地利古老的敌手
犹如同时窥伺两个世界的雄鹰
　　正将一个世界抓走。

英格兰耀武扬威地在大海上
　　升起辉煌的旗帜，
色彩如此绚丽，让人将那海中的反光
　　当成火焰的影子。

那些国王就是这样借战船的桅杆
　　显示他们的纹章，
就是这样迫使海上战败的大帆船
　　背叛自己的故乡。

他们将这些帆船纳入各自的营垒，
　　任命运将它们欺负，
他们得意扬扬地看见旗帜高挂的舰队
　　回港时形成更庞大的队伍。

在沦为俘虏的船上，他们将永远悬挂
　　胜利的旗帜，

为了在战败者的额上刻下
　　他们的光荣与俘虏的羞耻！

但了不起的卡纳里斯，凭借英勇的小船
　　划破沸腾的碧波，
在他所攻占的敌舰上，像升起他的旗帜一般，
　　燃起熊熊烈火！

1828年11月（7日）

激　　情

啊，年轻人！加快步伐，前进！……

——安德烈·谢尼埃[1]

到希腊去！到希腊去！该出发了！别了，亲人们！
那前仆后继的人民已留下斑斑血痕，
　　刽子手到头来非得血流满山！
到希腊去，啊，朋友！要报仇，要自由！
军刀快佩上我身边！头巾快裹住我的头！
　　加紧干！快给骏马装上鞍！

多会儿出征？就在今夜！明天只怕太晚。
快拿起枪！快牵上马！快登上去土伦的船！
　　快上船，要么不如插上翅膀！
开上我们老军团剩下的几支队伍，

① 安德烈·谢尼埃：1762—1794，法国诗人与政论家。

你就等着瞧那奥斯曼王朝[1]的老虎

　　一下子逃之夭夭，像一群羚羊！

啊，救世主般的法维埃[2]，请将我们指挥！

国王们都溜了，只有你坚守了岗位！

　　你这变乌合之众为铁流的英雄，

今日希腊人心目里古罗马人的象征，

　　淳朴而勇敢的战士，你将一个民族的命运

　　　　牢牢地掌握在你的铁拳之中！

从长久的沉睡中醒来吧，法兰西射手！

到那里去吧，大炮的齐鸣，战斗的合奏，

　　枪林弹雨的交响乐！

醒来吧，战马，你的蹄声曾响彻沙场！

还有你，装满子弹的长柄手枪！

军刀呀，去沾满敌人的鲜血！

我愿永远奔在最前列去身经百战！

看土耳其骑兵如何像恶浪一般

① 奥斯曼王朝：系奥斯曼一世（1259—1326）所创立的土耳其军事封建帝国（1290—1922）。16世纪全盛时期，疆域曾横跨欧、亚、非三洲。19世纪初，以希腊为代表的被压迫民族纷纷奋起斗争，反抗帝国统治，争取民族独立。

② 法维埃：1782—1855，法国将军，自1823年至1827年间，曾参加希腊独立战争。

扑向扶危急难的大军；
看大马士革军刀如何在战马上挥舞，
钢的月牙如何砍得下一颗头颅！
冲啊！……——怎么，可怜的诗人，

渴望战斗的激情竟使我自己想入非非？
只有跟老人与儿童在一起，我才相配！
我算什么呢？——弱不禁风的书生。
仿佛桦树的一片落叶被人遗忘，
在奔腾而下的流水上随波漂荡，
我的岁月随着梦幻去如烟尘。

一切都令我遐想：清风，草地，山峰，树林。
我终日醉心于一曲双簧管的乐音，
一丛绿叶迎风颤动的飒飒声；
当暮色降临的时候，在幽谷深处，
我爱那又大又深的明镜般的银湖
从水中倒映出满天浮云。

我爱一轮光彩夺目的金煌煌的月亮
升起在浓雾中，时而又在愁云旁
披上一身雪白的轻纱；

我爱那沉甸甸的马车打破夜的寂寞，
闷雷似的从农场的大门前滚过，
　　引来黑暗中一阵狗的喧哗。

1827年

月　光

月下无言自断魂[①]。

——维吉尔

月色溶溶，波光淼淼，一片琼瑶在闪耀。
迎着微风，终日深闭的窗户终于打开；
苏丹娘娘抬起眼睛，望着肝肠寸断的大海
正将银色的泪涛卷向那黑色的小岛。

吉他从她的指间迸发出颤抖的琴音。
她侧耳细听：……低沉的回声伴着一阵幽咽。
莫非来自科斯岛[②]的土耳其战船正在巡夜，
荡着鞑靼木桨往那希腊群岛四处搜寻？

莫非那些鸬鹚正一会儿潜入水底，

① 引自史诗《埃涅阿斯纪》第二卷第二百五十五行。

② 科斯岛：希腊南斯波拉提群岛所属岛屿之一，位于爱琴海中土耳其西海岸附近。

一会儿划水而起，从翅膀上滚下珍珠？
莫非夜神正在天上呼啸，如泣如诉，
又将那炮楼的雉堞纷纷扔到海里？

是谁使苏丹后宫外的海浪如此怨愤？——
不是随着波涛起伏的黑色鸬鹚；
不是城墙的垒石；也不是海上的船只
向前移动时那有节奏的摇橹声。

那是沉重的皮袋，幽咽就从那儿传来。①
看个究竟吧：它们在大海的怀里漂流，
大海抱着它们就像人一样哭得发抖……
月色溶溶，波光淼淼，一片泪水在澎湃。

1828年9月（2日）

① 土耳其后宫，女如“不贞”，即惩以与猫并封于一囊，抛入海中。按《史记·伍子胥列传》：“吴王闻之大怒，乃取子胥尸，盛以鸱夷革，浮之江中。”观乎前史，盖暴君之残忍，中外如出一辙。

孩　子

啊，恐怖！恐怖！恐怖！

——莎士比亚：《麦克佩斯》

土耳其人扫荡过了：一片废墟，满目凄凉。
西奥[1]这酒岛，如今成了个悲惨的地方；
　　往日的西奥啊，绿荫如盖，
往日的西奥啊，碧波里映出那大树林，
那葡萄坡，那亭台楼阁，当夜幕降临，
　　时而有少女的歌声飘来。

到处荒无人烟：唯独那焦黑的墙壁旁边，
却坐着一个蓝眼睛的孩子，一个希腊少年，
　　低着他蒙受屈辱的头颅。
如今只剩下一株白色的英国山楂，

① 法国画家德拉克鲁瓦（1798—1863）所作名画《西奥惨案图》曾在巴黎1824年美术展览会上展出。

一束像他一样在浩劫中被人遗忘的鲜花，
　　做他的避难处，他的支柱。

“啊！可怜的孩子，山石嶙峋，你竟光着脚板！
唉！为了从你这双像那天空与大海一般
　　碧蓝的眼睛里拭去泪珠，
为了从你的眼波里，倾盆大雨似的泪水
因欢乐与游戏而闪出炯炯有神的光辉，
　　为了抬起你金发的头颅。

“你要什么？啊，漂亮的孩子，该拿什么给你，
才能兴高采烈地将你满头散发重新梳齐，
　　才能在你这洁白的肩上，
喜气洋洋地将你没有遭受过暴力的欺压、
像柳丝一般披在你俊俏面庞周围的乱发
　　恢复成环形鬈发的模样？

“什么才能驱散你这一怀愁绪，满腔辛酸？
是不是这圈如同你的双眼一样碧蓝、
　　绕在井边的伊朗百合花？
还是杜芭树的鲜果？这棵树是如此高大，
非得百年不断地飞驰才能从树荫下

跑出那从不停蹄的奔马。

“给你一只美丽的林鸟，你可会向我微笑？
这鸟儿唱起歌来比那铙钹更响彻云霄，
比那双簧管更令人赞叹。
你要比什么呢？是珍禽，美果，还是鲜花？”

那蓝眼睛的孩子，那希腊少年回答：
“朋友，我要火药，我要子弹。”

1828年6月（8—10日）

矢　车　菊

不管这是真还是假，
我都不要在这里看见他，
但我又不肯忘记他。
——若安·洛朗佐·瑟居拉·
德·阿斯托尔加

当没有香味的星星因夏日
而与金黄色的麦穗融为一体，
以它那蓝色的天青石
装点被即将收获的庄稼染成金色的田野，
趁田野还没有遭到镰刀的围剿，
趁鲜花还没有变得稀少，
啊，年轻的姑娘们，快去吧，快去，
快到麦田里去采几朵矢车菊！

在安达卢西亚的城市中间，

没有哪座城比花丛
与草地上的佩纳菲埃尔
在天底下伸展得更远，
没有哪座城从筑有雉堞的墙内
耸起更骄傲的城堡……
啊，年轻的姑娘们，快去吧，快去，
快到麦田里去采几朵矢车菊！

没有信奉基督教的城市，
没有带钟塔的隐修院，
在圣父那儿，在国王那儿，
也许有更多善良的晒黑的朝圣者
向圣盎博罗削走来，
带着手杖、葫芦与贝壳……
啊，年轻的姑娘们，快去吧，快去，
快到麦田里去采几朵矢车菊！

没有哪个地方，年轻的姑娘
在她们趁黄昏围成一圈跳舞时
头上有过更多的玫瑰花，
心中有过更多的激情；
曾经有更加炯炯有神又更加含蓄的目光

在头巾下闪闪发亮……
啊，年轻的姑娘们，快去吧，快去，
快到麦田里去采几朵矢车菊！

安达卢西亚的明珠——
阿莉丝，来自佩纳菲埃尔，
有只蜜蜂在采蜜的时候
几乎把她当作鲜花一般紧紧盯住。
那些日子，唉！已经消逝！
人们在家里每每提起她……
啊，年轻的姑娘们，快去吧，快去，
快到麦田里去采几朵矢车菊！

有个异乡人来到城里，
年纪轻轻，却傲慢地说话。
他可是格拉纳达的摩尔人？
他来自穆尔西亚还是塞尔维亚？
他可来自荒凉的岸边？
突尼斯在那里有自己的海军纵队……
啊，年轻的姑娘们，快去吧，快去，
快到麦田里去采几朵矢车菊！

人们不知道。——可怜的阿莉丝

被他爱上了，接着也爱上了他。
格扎拉玛温暖的山谷
成了他们那含情脉脉的罪恶的同谋者。
晚上，在布满繁星的夜空下，
他们双双沿着林荫小径漫步……
啊，年轻的姑娘们，快去吧，快去，
快到麦田里去采几朵矢车菊！

城市渐渐又远又暗；
月亮，对这对情侣显得十分温柔，
从隐没在黑暗中的钟楼
与塔群后面升起，
一座座锯齿形的建筑物
清晰地显出阴郁的塔尖……
啊，年轻的姑娘们，快去吧，快去，
快到麦田里去采几朵矢车菊！

这时，那些棕色头发的安达卢西亚女子
嫉妒着阿莉丝，
梦想着英俊的异乡人，
正在桑树与橙树下翩翩起舞；
号角与六弦琴响成一片，

使欢乐的四对舞伴生气盎然……
啊，年轻的姑娘们，快去吧，快去，
快到麦田里去采几朵矢车菊！

鸟儿在苍鹰已预示出
危险的如茵的苔藓上安睡；
放心而又温存的阿莉丝
就这样在她的情人怀里入眠。
那位鬈发青年
正是卡斯蒂利亚国王唐·胡安……
啊，年轻的姑娘们，快去吧，快去，
快到麦田里去采几朵矢车菊！

不过，爱上一位君主，可实在危险。
一天，人们遵照国王的意旨
把她抛到一匹黑色的御马上；
人们把她从省里拉走；
一座隐修院在那动荡的岁月里
根据国王的命令关上了栅栏门……
啊，年轻的姑娘们，快去吧，快去，
快到麦田里去采几朵矢车菊！

1828年4月（13日）

陶　醉

我听见一阵巨响。
——《启示录》[①]

一个繁星之夜，我独自流连在海滨。
天上没有云朵，海上没有帆影。
我眺望着现实世界之外的远方。
树林，群山，整个大自然，
好像在一片隐隐约约的低语声中察看
　　海上的波涛与天上的星光。

金灿灿的繁星，数不清的繁星，
低下光芒四射的花冠，以无数悦耳的声音
时高时低地透露着秘密；
谁也控制不了、阻拦不了的碧波，
卷起浪花与浪尖，不断地诉说：

① 《启示录》：《圣经·新约》的末卷。

“这就是上帝，这就是上帝！”

1828年11月

秋叶集（选）

张秋红　译

我从山上听出的声音

啊，博大精深！[1]

你是否曾经偶尔登上高山，
面对天空，冷静而又默默无言？
那是在松得海峡边[2]？还是在布列塔尼海岸上？
你是否看见山脚下的一片汪洋？
在那里，你是否曾经默默无言而又冷静，
俯瞰着滚滚波涛与茫茫大海，凝神谛听？

这就是我听出的声音：——至少有一天
我的思绪在梦中展开翅膀扑向一处沙滩，
从一座潜入痛苦的深渊的高山顶上
只见一边是陆地，另一边是海洋，
我侧耳细听，忽然听见了，这声音呀耳朵

① 语出圣保罗《罗马人》第十一卷第三十三章。
② 松得海峡：亦名厄勒海峡，在瑞典南部与丹麦西兰岛之间，接通波罗的海与卡特加特海峡。

从来没有听到过，嘴巴也从来没有发出过。
这声音起初又雄浑，又空阔，又模糊，
比茂密的树丛中的风更飘忽，
洋溢着甜蜜的私语与嘹亮的和弦，
像黄昏的情歌那样温柔，像隐隐约约的混战
疯狂地吹起军号，促使骑兵队厮杀时
双方甲胄的猛烈撞击那样有力。
这真是一支无法形容的深沉的乐曲，
盘旋在世界周围，不断地绕来绕去，
在广漠的天空中，放出无穷无尽的星球，
凭借恢复了青春的声波向前奔流，
随着时间与空间，随着形与数，
一直隐入那目睹它的浪潮在黑暗中消失的深处。
这四处荡漾、八方弥漫而又无休
无止的赞歌，仿佛又一个大气圈笼罩着整个地球。
被这交响曲所环绕的世界
在和声中荡桨，宛如在天空中摇曳。

我在沉思中谛听着这太空的琴声，
仿佛陶醉在大海里一般，我听得出了神。
不久，我就从这片琴声里
分辨出大地与大海同时唱起

宇宙之歌的融为一体而又响彻天顶、
嘈杂而又朦胧的两种声音；
我从极度的喧哗中辨别出这两种声音，好像
看出相互交错的两股水底潜流一样。

一种声音来自大海；啊，光荣颂！幸福赞！
这是滚滚波涛在互诉衷曲，彼此交谈；
另一种声音从我们所生活的土地上
传来，显得悲伤；这是人类在倾吐衷肠；
在这日日夜夜高歌不已的伟大的合唱中，每一个
波浪都发出自己的呼声，每一个人都唱出心中的歌。

这时，正像我所描述的那样，美妙绝伦的海洋
把欢乐而温柔的赞歌传向四面八方，
仿佛西翁[①]教堂里的竖琴一般高歌不已，
赞扬着大自然的壮丽。
海洋的喧哗，随着微风与狂风飘荡，
不断地飞向上帝，显得格外雄伟欢畅，
只有上帝才能制服的大海的每一个浪头，
每当前浪唱完的时候，就上来一展歌喉。

① 西翁：耶路撒冷一座山丘名，今多用作耶路撒冷的同义词。

犹如但以理[①]所征服的那头巨大的雄狮一般，
海洋时而压低自己高声的呼喊；
从金色的狮鬣下，我好像
看见上帝的手伸向火红色的夕阳。
然而，与这庄严的军号合奏形成对照，
另一种声音却宛如惊愕的战马的长啸，
仿佛一扇地狱之门那生了锈的铰链那样，
好似钢铁般的竖琴上青铜的琴弓一般吱嘎作响；
诅咒，侮辱，呼号，哭泣，
拒绝接受洗礼，拒绝临终圣体，
谩骂，叫嚷，亵渎神明的恶语，
在嘈杂的人声的旋涡中纷纷隐去
影踪，犹如黄昏只见一片黑压压的夜禽
纷纷往山谷里飞得无踪无影。
这引得无数回声在颤动的喧哗究竟是怎么回事？
唉！这是大地与人类在痛哭流涕。

啊，兄弟！这两种奇异而闻所未闻的上帝从永恒中
谛听的不断地隐去影踪
又不断地再度出现的声音，一个在叫喊：

① 但以理：被掳至巴比伦的犹太人，记述其事迹的《但以理书》系《圣经·旧约》的一卷。

"人类！"另一个在高呼："自然！"

我于是陷入沉思；因为我忠诚的思想，
唉！从来没有展开过更广阔的翅膀；
我的阴影中也从来没有如此灿烂的阳光照耀过；
我久久地遐想，一遍又一遍地凝神思索，
在任波浪把我藏起来的黑暗的深渊之后，
又一个无底深渊在我的灵魂深处张开了口。
我不禁暗自思忖：我们究竟为什么活在这世上？
在这宇宙万物的全部目标之后又会是什么希望？
灵魂怎么办？究竟是自强不息好，还是及时行乐好？
为什么只有上帝才洞察他那部书中的奥妙？
为什么上帝永远害得大自然的歌声与人类的呼声
在必然带来不幸的婚姻中难解难分？

1829年7月27日

致雕塑家大卫[①]

你使我们从人变为神。

——雷尼埃

啊！我为什么不是这样一个人物：
作为消失了的世纪的巨人，
他们的权威从往昔的深处
一直向我们的时代延伸！
我为什么不是诗人或君主，
不属于那昂首阔步的人们：
他们是世界的顶点与基础，
他们的时代对他们偏偏不能容忍；
无论在平静时还是面对风暴的挑战，
他们都受到人们的侮辱或崇拜，
他们都永远走在时代的前面，

① 雕塑家大卫·丹热曾于1828年为诗人制作一圆形浮雕，后于1837年制作其胸像，又于1842年再制作胸像。

他们前进的步伐都迈进未来！

我为什么不是这样一道光芒，
这样一个光荣的极端：
这光芒是所有灵魂向往的对象，
这极端是所有眼睛注视的焦点！
我为什么不属于那些人，
他们那永远被时间的波涛
所冲击的雕像具有这样一种特征：
倘若偶然把它们推倒，
倘若偶然使它们在自己的领域里失掉
优势，人们就能用那庄严的青铜
为战斗铸成一门门大炮
或为祈祷铸成一座座钟！

我为什么没有那样一种气宇轩昂的容颜？
啊，大卫！我这为受痛苦而创造的躯体
至少会在你宽宏大量的双手下面
为了不再受折磨而恢复体力！
宛如教堂或剧场顶上
那巨大的大理石雕或青铜
雕像，引起爱得发狂的民族的敬仰！

我会突然出现在都城上空，
像个站岗的巨人，
用翅膀遮住都市，
保持某种守护神
与君主的永恒的姿势！

因为，当一位英雄倒下时，
正是你使他重新站起来，显得无比辉煌！
正是你使他毫不动摇地挺立
在他以钢铁般的双脚压住的坟墓上！
作为对手，你和罗马与费拉拉[①]一比高低，
为了不同寻常的人物，
你不是雕刻卡拉拉[②]冰冷的大理石，
就是雕塑沸腾而直冒热气的金属。
当你这什么都难不倒的手使他
在大石块或大火炉之外
顿时巍然屹立、雄姿英发，
墓中的伟人终于平静下来！

没有你，他身后的名声也许

① 费拉拉：意大利北部城市。
② 卡拉拉：意大利中北部城市，系世界优质大理石的主要产地。

会由于不可避免的遗忘而黯然无光；
然而，正是你把他的荣誉
清清楚楚地雕刻在底座上。
这对世界来说已经失去的灯塔，
这深夜里匍匐而行的火苗，
也许会熄灭，不再透过浪花
指出暗礁与航道；
正是你的灵感使他恢复活力，
正是你在黑暗的深渊上
竖起从你的手里
接过指路明灯的雄伟庄严的巨像。

当一种构思因一位伟大人物的形象
而在你的心目中发出光华，
你把这种构思体现并固定在大理石上，
人民大众于是指出："这就是他！"
但在与民众的意见不谋而合之前，
这种构思在你的头脑里久久地打转，
犹如地下火山深处那一片
闪闪发光的涌浪一般；
在还没有公之于世的时候，
你一直让这种构思在你的灵魂深处沸腾；

烈火就这样纷纷伸出闪光的舌头，
控制住青铜的火盆。

干吧！但愿我们的城市到处
都是你雕成的光芒四射的巨像！
但愿你不断为民族
塑造越来越多的半神半人的形象！
请把我们的城市变成科林斯[①]。

啊！你的构思进行了一次次拥抱，
青铜保存着你拥抱的痕迹，
花岗石因你的拥抱而骄傲！
光荣属于你的脚所亲吻的土地！
金属的熔浆在你的血管里奔流；
你热情洋溢的头脑简直是个巨大的模子，
从那里涌出青铜铸成的念头！

波拿巴本该希望因大理石
而复活，从你的手下成为巨人；
克伦威尔，他的祖先与导师，

① 科林斯：希腊城市名。

本该让你支配他那非凡的头颅的命运；
你的手臂本该为西班牙
雕刻查理五世像，为我们塑造
查理大帝像；一只脚踩着拥有七座山丘的罗马，
往德意志那七头蛇身上踏上另一只脚；
从正要沉陷的坟墓里，恺撒
本该把他的骨灰交给你留个纪念；
正是你本该拉住亚历山大，
替他雕琢圣山！

1828年7月28日

啊，我的情书[①]

啊，春天！一年的青春！
啊，青春！一生的春天！

啊，我的情书，我青年时代珍贵的彩笺，
原来是你呀！你的痴情依然令我迷恋；
　　我跪在地上将你细读。
请容许我一整天重温你那韶光！
让我这清醒的幸运儿独自躲藏，
　　来和你一起痛哭！

当初我才十八岁！当初我充满了幻梦！
希望编出谎言谱成歌曲将我欺哄。
　　一颗星向我闪光！
我从心里暗自呼唤你，你使我无限崇拜！

① 据让·马森评此诗云，雨果在诗中对自己的生涯做了一番忧思凄恻的回顾；时隔十年后重读《致未婚妻的情书》而激起的这荡气回肠的灵感，后来在描写珂赛特与马吕斯之间淳朴温柔的爱情时显得更加丰富而不带苦味。

唉！如今我这男子汉对着当初我那小孩
　　几乎羞红了面庞！

啊，幻想的时代，勇气的时代，亲切的时代！
每天黄昏将那飘然而来的长裙期待！
　　将那丢下的手套热吻！
渴望生活中的一切：才能、荣誉和爱情！
那么纯真，那么自尊，那么高尚，又那么相信
　　冰清玉洁的灵魂！

眼下，我已经感到，已经看见，已经清楚。——
一丝幻想若来打开我的门，我再也不在乎，
　　只由着那门儿边转边叫！
啊！但愿当初似乎暗淡的火红的华年，
在将我笼罩于阴影中的幸福的旁边，
　　如今能光芒闪耀！

我到底惹了你什么，啊，我的锦瑟年华，
你才那么快地离开我，当你远隔天涯，
　　才让我自以为满意？
唉！我究竟惹了你什么，直到回来的时候
再也不能将我架在翅膀上带走，

　　你才显得如此美丽?

啊！当甜蜜的往日、杳无踪迹的青春
连同爱情所依恋的她那雪白的长裙
　　重回我们的小路，
我的思绪中断了，于是，你幼稚的幻想
留存于手中的那枯萎的残花碎瓣上，
　　洒下多少辛酸的泪珠！

忘却吧！忘却吧！当青春已经无影无踪，
让我们自己也任凭那卷走青春的旋风
　　带向渺茫的天际。
我们丝毫不留痕迹；问题就是我们的作品。
人啊，这漂泊不定的幽灵，连墙上自己的身影
　　也不留下就悄然长逝！

1830年5月

幸福究竟在哪里？

只要能致死就够了。

——吕坎①

幸福究竟在哪里？我总在问。——啊，不幸的人！
啊，上帝，你已经给过我幸运。

来到人间，居然不知道转瞬即逝的童年，
这涓涓而流的不含一滴苦汁的乳泉，
正代表着幸福的时代，正体现着影子般飘忽的人
在天底下所能享有的无与伦比的美景良辰！

接下来就坠入爱河。——往他那小伙子的心里
藏起一个永远也说不出来的神秘的名字，
偷偷地抓住一只柔嫩的手悄悄地倾吐衷曲，
渴望一种无法形容的婚姻的欢愉，

① 吕坎：39—65，古罗马诗人。题词系指公元前88年苏拉放逐马略而言。

羡慕铿然而逝的流水与飘然而去的行云，
一听见那语言就不禁销魂，
熟悉自己所眷恋并紧追不舍的足音，
白天神思恍惚，夜间辗转反侧，心潮难平，
对那感情还在沉睡的年代尤其深感悲痛，
总是郁郁寡欢；从女子所有的目光中，
从四月所有的荆棘丛中，从鲜红的天空的光辉里，
寻觅的只是一个眼神、一朵鲜花、一轮红日！

然后心急火燎地亲手摘下
新娘头上那橘树的叶芽；
领略种种快乐，体验幸福，对于这一切简直发了狂！
几乎痛哭流涕地转向不幸的以往；
怀着回春无望的惆怅从正午的骄阳下发现
自己的韶光、早晨与锦瑟年华已经凋残，
幻想与憧憬已经破灭，感到
自己正在悔恨那与日俱增的重负下走向衰老！
抹去脸上的皱纹与斑点；
爱上艺术、诗歌、朴素无华的旅行、遥远的青天
与往往害得我们迷失方向的大海；
追忆那令人彻夜难眠的时代；
只觉得自己曾经十分不幸、十分悲伤、十分痴迷，

而如今却感到宽慰，生活得有意义，
年纪大了十岁，就整日闭门不出，
满面泪痕地重读旧时的几封情书！

终于老了，老了！眼看我们的鬓发
变白、我们的年华凋零，宛如枯萎的鲜花，
回想我们的童年与憔悴了的青春岁月，
饮下剩余的变酸而又发苦的琼浆玉液，
变得聪明起来，嘲笑情郎与诗人，
当我们临近无言的荒坟，
一边呼唤一边噙着泪花目送我们的子女，
他们又早已把头向自己的子女转去！

啊，上帝！人就这样总是怀着日渐深沉的凄楚
从光彩夺目的摇篮走向一片黑暗的坟墓。
这居然就算活过一场！这居然就算善始善终！
这就是在欢乐、爱情与幸福中
曾经享有自己的一份！怨天尤人委实荒唐。
酒杯里斟满的原来就是这样的玉液琼浆！

唉！生下来，活下去，竟巴望死神的出现！
长大了，竟沉痛地怀念不谙世事的童年；

衰老了，竟沉痛地怀念心醉神迷的青春；
临死时，又沉痛地怀念风烛残年与整个人生！

幸福究竟在哪里？我总在问。——啊，不幸的人！
啊，上帝，你已经给过我幸运！

1830年5月28日

每当孩子出现的时候

全家喜气洋洋，笑逐颜开。

——安德烈·谢尼埃

每当孩子出现的时候，聚在一起的全家人
就大声欢呼，鼓起掌来；他那温柔而闪光的眼神
　　使大家的眼睛都放出光芒，
连最忧郁、或许蒙受过奇耻大辱的苦脸
都顿时化为笑容，迎接这天真烂漫
　　而又快乐的孩子的出场。

无论六月使我家门口展现出绿茸茸的草地，
或者十一月使房间里紧靠在一起的椅子
　　围绕着摇曳而熊熊燃烧的炉火，
每当孩子来到，欢乐也就降临并使我们容光焕发。
大家纷纷大笑，因激动而惊叫，喊他，而他的妈妈
　　看着他蹒跚学步每每打起哆嗦。

有时，我们一面拨旺炉火，一面谈论
祖国，谈论上帝，谈论诗人，谈论灵魂
　　随着祈祷进入崇高的境界；
孩子忽然出现了，别了，祖国与苍天！
别了，神圣的诗人！严肃的交谈
　　立即在微笑中停歇。

夜里，当人们入睡，当心灵入梦，
当人们听见流水在芦苇丛中
　　呻吟，宛如幽咽一样，
假如黎明突然像灯塔一般在那里照耀，
朝晖就从田野里唤起一片群鸟
　　与晨钟的合唱！

啊，孩子，你就是黎明，我的灵魂就是原野，当你
从原野吸气时，这原野就使自己的气息
　　洋溢着最芬芳的鲜花的香味；
我的灵魂就是森林，这林间郁郁
葱葱的枝叶仅仅为了你才充满温柔的私语
　　与金色的光辉！

因为你这双明媚的眼睛蕴藏着无穷的温柔，

因为你这双欢欢喜喜地迎接祝福的小手
　　并没有做过什么错事；
你这朝气蓬勃的脚步从来不曾接触过我们的泥浆，
啊，圣洁的生命！金发的孩子！头上
　　环绕着金灿灿的光轮的漂亮的天使！

在我们中间，你是方舟上的鸽子。
你这柔嫩而纯洁的双脚还不到走路的年纪；
　　你的翅膀正向碧空飞腾。
你注视着人间，只是还不理解尘世。
啊，双重的洁白无瑕！毫无污迹的肉体！
　　毫无邪念的灵魂！

他竟如此令人赏心，这孩子，伴着他那温柔的笑影，
他那极度的真诚，他那什么真情都肯吐露的声音，
　　他那转眼就破涕为笑时的泪痕，
任他那惊异而狂喜的目光四处漂泊，
把他那纯真的灵魂献给从四面八方向他涌来的生活，
　　把他的嘴巴献给从四面八方向他扑来的亲吻！

啊，上帝，请保佑我，请保佑我所爱的人们，
兄弟，亲属，朋友，甚至我那因阴谋得逞

而得意扬扬的敌人，但愿我们的眼睛，
啊，上帝，永远看不到没有红艳艳的鲜花的夏季，
看不到没有蜜蜂的蜂箱，看不到没有鸟儿的笼子，
看不到没有儿女的家庭！

1830年5月18日

在幽暗的凹室中①

绰约多姿，容光焕发，
潇洒地向这苦涩的人生微笑。
——圣佩韦

在幽暗的凹室中，
在朴素的祭台畔，
孩子正悄然入梦
在母亲的床边。
当她进入睡乡，
她那明媚的双眼
向天堂展开翅膀，
对尘世闭上帷幔。

她做了许多梦。

① 雨果此诗系为次女阿黛尔而作。小阿黛尔其时年方十五个月，系圣佩韦的教女。

她时而梦见
沙滩的黄沙中
到处是金刚钻，
梦见一轮轮火红的太阳，
梦见一位位美丽的母亲
伸出迷人的臂膀
抱住各自的幼婴。

啊，使她狂喜的梦！
她梦见一条条小河。
远处的波浪中
有个人正在歌唱。
她的姐妹格外漂亮。
她的父亲就在她们身边。
她的母亲长着一对翅膀，
仿佛鸟儿一般。

她梦见无数景物
更加令人陶醉；
回廊上满目
百合与玫瑰；
她梦见游鱼正嬉戏

在洋溢着欢乐的湖中，
一片片涟漪
环绕着金色的芦苇丛！

啊，孩子，请继续在梦境中逍遥！
啊，我的心肝儿，请依然安睡！
你天真无邪的灵魂还不知道
你的岁月向何处远走高飞。
你像枯萎的藻类一样
漂去，跟你有什么相干？
流水把你卷向远方，
但你始终在安眠！

什么也不担心，什么也不思忖，
你自在梦境中漫游；
焦虑还不曾
伸出冰凉的手，
用干枯的指甲
往你这不见
皱纹的稚气的脸上写下：
“明天！”

她正在安睡，啊，天真！
那些神色安详的天使
对人类的命运
早有所知，
见她毫不害怕，
毫无武器又毫不担忧，
纷纷噙着泪花
亲吻她的小手。

天使的嘴唇轻轻地接触
她如蜜的嘴唇。
孩子发现他们的泪珠，
不禁喊了一声：
“加百列！”[1]但这位天使碰到她，
却摇起她的摇篮，
把一个手指伸向她的嘴巴，
提起另一个手指指向苍天！

这时，她的母亲迅速
摇起她的摇篮，唯恐

① 加百列：《圣经》所载一位天使长的名字。

来了个怪物，
害得她忧心忡忡。
母亲自豪而出神地凝视着她，
忽然听见她喃喃
低语，不禁吻了她一下，
引得她露出了笑颜。

1831年11月10日

致一位美人

她真是个倾国倾城的佳人。

——狄德罗

啊，姑娘，假如我是国王，我就将王国给你支配，
连同我这五体投地的臣民，我黄金的王冠，
连同这斑岩的温泉浴场，我的车驾，我的王位，
连同我这连大海也甘拜下风的舰队，
　　只要你向我目光一闪！

假如我是上帝，我就献给你大地、清风与碧海，
给你天使，给你遵从我的法令的守护神，
给你生命的宝库那令人眼花缭乱的光彩，
给你永恒，给你宇宙，给你天空，给你世界，
　　只要你给我亲口一吻！

18（29）年5月（8日）

看，乌云将倾盆大雨泼向这棵树

啊，蔷薇盛开时节阿琳那温柔的衷曲，
阿琳对我描述的那美妙的事物！
和风啊，你随绮丽的彩云飘然而去，
难道竟丝毫也没有向神仙透露？

——塞格雷[1]

看，乌云将倾盆大雨泼向这棵树，
它落尽黄叶，备受摧残，充满痛苦；
但请等着吧，冷酷的严冬将被赶走，
一片细叶将萌动于这如此顽强的枝丫，
你将惊问这如此柔弱而青翠的嫩芽
怎么竟出现在这饱经风霜的枝头。

啊，我年轻的恋人，那时请问个为什么：
当你从我经历了这么多痛苦的折磨、

① 塞格雷：1624—1701，法国作家、田园诗人。

变得坚强而与世隔绝的灵魂里消逝，
为什么我枯竭的活力又获得生命?
为什么我欢欣鼓舞而容光焕发的心灵
突然萌发出凋落在你脚下的一首首诗?

那是因为明朗的月夜紧随漆黑的长夜；
那是因为和煦的东风离不开繁枝茂叶；
那是因为世界与命运，一切都自有规律；
那是因为世间万物都自有永恒的落潮；
那是因为苦难之后又看到你的微笑；
那是因为春天终于来临，冬天终于过去!

（1829年）2月（5月7日）

为了穷人[①]

给穷人的援助就是对上帝的贡献。

——雨果

啊，富翁，世间的幸运儿，在这冬日的晚会上，
当令人眼花缭乱的旋舞使你欣喜若狂，
当这雕栏玉砌，这灯火辉煌的枝形大烛台，
这无数宾客的满面笑容，这闪光的明镜，
这水晶玻璃，这分枝吊灯上的一片繁星，
这一对对舞侣，在你的周围大放异彩；

当一阵金铃般的钟声从你画楼的高阁
将深夜的低吟化为一曲欢乐的清歌，
啊！你可曾想到，因陷于饥寒交迫的绝境，
一位贫苦的老人徘徊在黑暗的十字街头，

① 此诗曾在鲁昂印成小册子发行，为死于严冬的工人募捐。1830年2月3日的《环球报》转载。

也许正注视你灯火通明的大厅的窗口
　　这双双舞侣清楚的身影；

你可曾想到，在风雪冰霜的围攻下，
这失业的老人正在苦难的深渊里挣扎？
你可曾听到他的私语："这家子有多少财产？
这阔佬实在有福，儿女们都向着他微笑！
光是他们的玩具就值咱穷汉多少面包！
瞧他酒席的排场，多少客人啧啧惊叹！"

于是，和你的晚会进行对比，他内心深处
想起自己的家里从来点不起一支蜡烛，
孩子们总是挨饿，老伴总是衣衫褴褛，
残酷的严冬已经迫使老母亲永远沉默，
她直挺挺地躺在破草席上，凄凉的坟墓
　　正等待她冻僵了的身躯！

因为上帝使人类的命运出现贫富的悬殊。
大多数人累断了腰，承担着穷困的重负；
只有极少数人才被请入幸福的盛宴。
这世界的筵席绝不是人人平等，个个自在。
从底层看来不公正的法律显得多么坏：

让有钱人灯红酒绿，让贫苦人望穿泪眼！

一想起这世道就伤心，就辛酸，就不能容忍，
苦难的人们那满腔的热血就无声地沸腾。
啊，富翁，今日的幸运儿，你在享乐中陶醉，
但愿你不要纵情于酒色，沉湎于歌舞，
浪费穷人所注目的你所有多余的财富；——
　　啊，但愿你表现出你的慈悲！

啊，火热的仁慈心肠，穷人对你多么渴望！
你是受尽厄运虐待的人们的亲娘，
对于被蹂躏的人们，你总是伸出援助之手，
需要时，你总是献出你的一切，毫不退缩，
犹如你所追随的那自我牺牲的基督，
你高呼：“喝吧！吃吧！这是我的血肉！”

为了拯救你们的灵魂，为了给穷人口粮，
啊，富翁，但愿这火热的仁慈心肠
促使你从子女的手里，从妻子的胸部
取下满满一大捧五光十色的首饰、
徒有虚荣而毫无意义的金刚钻、蓝宝石、
　　玩具、饰带、花边与珍珠！

啊，富翁，慷慨捐献吧！施舍是祈祷的妹妹。
唉！当老人在你门外的石阶上下跪，
在朔风里全身发僵，四肢麻木，白白哀求；
当小孩子被严寒冻得双手红如鲜血，
从你的脚下捡着酒席散落的面包屑，
连上帝也转过头去，为你的冷酷害羞。

慷慨捐献吧！为了那给你儿子以精力、
给你女儿以美貌、给你以天伦之乐的上帝；
为了让人的葡萄园永远果实累累；
为了让你的谷仓装满成熟的麦子；
为了迎接更大的幸福；为了让天使
　　与你在美梦中展翅双飞！

慷慨捐献吧！我们总有一天要离开世界。
你的施舍在天国里将变成你的资财。
慷慨捐献吧！为了让人称颂你曾怜悯
那在暴风雪的袭击下冻得浑身冰凉、
从门口向你的高楼投以恳求的目光、
在你宴会大厅的窗外忍饥挨饿的贫民！

为了赢得创造了人类的上帝的钟爱，
为了让恶人面对你的善良也低下头来，
为了让你的家庭永远和睦而又安乐，
慷慨捐献吧！为了让乞丐也送你长眠，
在你生命的最后时刻祈求苍天
　　宽恕你所有的罪恶！

1830年1月22日

朋友，最后一句话

贞女啊，痛哭吧，倘若我受尽折磨！

——安德烈·谢尼埃

朋友，最后一句话！——从此我就永远合上
这本书，从此以后我的思想就改弦更张。
我将再不去理会芸芸众生的物议喧嚣。
因为，这对清水长流的源泉有什么紧要？
对我又有什么关系？我倾心的是未来，
这阵呼啸的秋风将飘向那个世界
无情扫荡，永不停息的翅膀将卷去
树上的黄叶，也将带走诗人的佳句。

是的，我还年轻，虽然在我的额上，
那层出不穷地涌现激情与诗篇的地方，
每天都刻下一条新的皱纹，
犹如我思想的犁铧耕出的沟痕，

回顾那不知不觉中流逝的年华，
我还没见过三十度秋月春花。
我是这时代的骄子！由于幡然醒悟，
我的灵魂每年都在摒弃谬误，
认清了是非，我的信仰只向你追求，
啊，神圣的祖国，神圣的自由！

我咬牙切齿地痛恨着压迫。
因此，当我听到，在世界的某个角落，
在酷烈的天空下，在暴君的魔掌下，
人民正在呼天喊地，惨遭屠杀；
当希腊，我们的母亲，被信奉基督教的国王
出卖给土耳其刽子手，开膛剖腹，濒于死亡；
当鲜血淋漓的爱尔兰被钉上十字架；
当条顿戴着锁链在列强的瓜分下挣扎；
当里斯本，从前一直美丽而又喜气洋洋，
如今却受尽密格尔的蹂躏，吊在绞刑场；①
当阿尔巴尼将加图的祖国折腾；②

① 1828年，密格尔发动政变，由摄政而自称国王，将合法女王玛利亚二世驱逐至英国，残暴地压迫葡萄牙人民。

② 罗马教皇庇护七世的国务卿红衣主教阿尔巴尼严厉压制教皇的独立意图。

当那不勒斯吃吃睡睡①当凭借着木棍，
那恐惧奉若神明的沉重而可耻的权杖，
奥地利打断威尼斯雄狮的翅膀；
当被奥地利大公②扼杀的摩德纳奄奄一息；
当德累斯顿在老国王③床前搏斗而又哭泣；
当马德里重又坠入梦乡，昏睡如死④；
当维也纳抓住米兰；当比利时雄狮⑤
低垂着头，犹如那耕出一条犁沟的牛，
甚至连咬口衔的牙齿都再也没有；
当可恶的哥萨克兽性大发，
侮辱那蓬头散发的死去的华沙，
糟蹋她那褴褛但却贞洁而神圣的尸衣，
扑在那直躺在墓中的贞女身上玩狎不已；⑥
啊！于是，我向着他们的宫廷与巢穴
诅咒这些帝王，他们的骏马沾满了鲜血！
我感到，诗人就是他们的审判官！
我感到，愤怒的诗神会张开强有力的双拳，

---

① 那不勒斯因斐迪南二世的统治而变得迟钝。

② 指弗朗索瓦四世，出自为奥地利人所笼络的埃斯特家族。

③ 老国王：指安托尼一世，时年七十六岁。

④ 1823年，斐迪南七世借法国干涉军击溃革命军而在西班牙复位。

⑤ 自1830年8月，比利时为独立而奋起反抗。1831年11月，荷兰军队重新占领比利时领土。

⑥ 1831年9月7日华沙投降后，波兰沦为俄国的一个省。

犹如将他们示众，将他们捆向宝座，
再用宽松的王冠做成他们的枷锁，
然后将这些本来会受到祝福的帝王驱逐，
并在他们的额上刻下诗句，让未来去读！
啊！诗神应该献身于手无寸铁的人民。
我于是忘却了爱情、孩子、家庭、
软绵绵的歌曲和清静无为的悠闲，
我给我的竖琴加上一根青铜的琴弦！

1831年11月

暮歌集（选）

张秋红　译

在市府大厦的舞会上

市府大厦最高层上的灯光亮如白昼。
王侯与烛光交相辉映，通明的顶楼
这今夜的舞会将令人眼花缭乱，
像诗人头脑里神圣的思想一样灿烂！
然而，朋友啊，这舞会并不是一种思想。
法兰西迫切需要的并不是盛宴一场，
这所谓都市到处是痛苦与眼泪，
当务之急实在不是一场舞会！

权贵啊！我们最好还是医治某些创伤，
让聪慧的幻想家从此不再惊慌，
最好还是将车间扩大，将断头台缩小，
将盘旋而上的扶梯用支柱撑牢，
最好多想想黑暗中失去面包的儿童，
将天堂还给穷苦而不信宗教的大众，
可别再张灯结彩，让几个疯子欢蹦乱跳，

在深夜随着乐曲转个不停，玩儿个没了！

啊，最高层上的王后，圣洁的娇娃，
香彻顶楼舞厅的倾国名花，
幸福之神劝你们要讲究操守，
你们没有与邪恶进行过搏斗，
饥饿这逼人堕入风尘的可耻罪人
从未强迫过你们出卖肉体，出卖灵魂！
你们的心灵喜气洋洋，清白无辜，
你们有更多的亚麻遮羞布，
胜过那裹着罩衣的爱西丝[1]女神，
这舞会对你们犹如星光闪闪的凌晨！
别人在受难，你们却满面春风，赶来跳舞！
你们娇艳的心灵不懂什么叫痛苦；
仗着运气，身价百倍，名列高贵世界；
你们享尽荣华，出尽风头，目空一切，
沉湎在五光十色里，什么都视而不见，
让水深火热中的天下百姓将你们轻贱！

正是如此。——王侯富豪，整个上流社会

---

① 爱西丝：古埃及神话中司婚姻与农业的女神，贤妻良母的典型。

都对你们有求必应，尽全力向你们献媚。
你们有金钗玉簪，你们有花容月貌；
乐声悠扬的舞会使你们神魂颠倒，
仿佛遍身罗绮的蝴蝶飞向明灯，
你们奔向那发出火焰般光芒的敞开的大门！
赶赴这舞会，你们不曾想到
有另一群女子，打扮得同你们一样俏，
挤在接踵而至的密集的路人中间，
惊叹你们蜂拥而来的马车与跟班，
涂脂抹粉，抛头露面，在十字街头寻找买主；
这些幽灵啊，爱的圣地依然血流如注；
像你们赴舞会一样，妖娆而半裸着身子；
唉！她们特意来一睹你们的丰姿，
闪出一丝苦笑，强掩极度的悲哀，
鲜花满头，污泥满脚，仇恨满怀！①

1833（1834）年5月

① 《悲惨世界》中的芳汀，于此可见滥觞。

啊，上帝！假如你把法兰西置于你的保护下

啊，上帝！假如你把法兰西置于你的保护下，
上帝啊，请别容忍这无休无止的搏斗；
请别容忍这抬上去又匆匆打碎的宝座；
请别容忍这给了又收回的可怜的自由；
请别容忍这已泛滥的波涛淹没
习俗的空想、偏见与戒律的污浊的激流；
请别容忍这群趁聚集在一起的时候
以石膏的宪章抗击花岗岩的流弊的辩护士；
请别容忍这一浪接一浪的涨潮与落潮；
请别容忍党派对政权、政权对党派
展开的越来越严重、越来越可悲的斗争；
请别容忍这大人物折磨小人物的险恶；
请别容忍这喧哗、这冲突、这无数呼声、
这像搭脚手架一样建立在黑暗中的可怕的制度，
这一切害得演说充满了叫嚣、仇恨
与吵闹，害得人们在夜间睡意

正需要安宁时刻之际

听见重炮滚过一座座城市的马路！

1832年8月（1835年8月30日）

昨日那为我们降下帷幕的夏天的良宵[1]

昨日那为我们降下帷幕的夏天的良宵
可真配得上你，繁星那么灿烂地闪耀！
宁静中那么凉爽宜人！微风那么柔媚！
夜那么出色地平息了一切喧哗！
又向我们的身上，向花丛洒下
　　那么多深情的露水！

在你面前，我充满喜悦的心燃遍了火，
因为你含着你全部的柔情凝望着我！
我赞叹你容貌所特有的美。
你的心思一句也不用说出口，
温柔的美梦从你的心里开头，
　　到我的心里收尾！

---

① 手稿原题："致朱丽叶"。《暮歌集》收有一组献给朱丽叶·德鲁埃的情诗，此系其中第一首。

我感激上帝，他那无穷尽的恩赐
让你与夜获得如此和谐的一致，
为了给我安宁，为了给我快乐，
他使你与夜如此纯洁，如此美丽，
沉浸在如此丰富的光辉、芳香和私语里，
　　双双如此情投意合！

是啊，让我们向上帝表示衷心的感谢！
正是他塑造了你的灵魂，创造了世界！
正是他使我悦目！正是他使我赏心！
他正是我在任何奥秘深处的新发现！
正是他使你的目光照向人间，
　　宛如天上的繁星！

正是上帝让爱情紧随任何事物，
一切以爱情为家，一切与爱情共处！
正是上帝使静夜美于白昼。
正是上帝将你的玉体，啊，我年轻的主宰，
当作酒杯斟满了美，又将爱
　　倾注在我的心头！

那就纵情地爱吧！——啊！爱情就是生命。

人们惋惜的尽是爱情，向往的也尽是爱情，
每当眼睁睁地看着朱颜渐老，如日薄西山。
没有爱情，什么都不完美，什么都黯淡无光。
爱情就是花冠，美就是面庞：
　　请随意戴上这花冠！

充满我整个内心世界的，唉！你可以相信，
既不是蝇头微利，也不是蜗角虚名，
那名利不过是狂妄从争夺中带来的尘土；
也不是耽于幻想的发疯似的欲望，
这欲望使人世间一切臭皮囊
　　受尽折磨，尝遍痛苦！

不，你听着，我的灵魂需要一对心意的相投，
强自克制的追求，久久紧握的双手，
亲吻，那令人心醉的玉液，纯洁的清芬，
从对方的眼神里一目了然的全部衷情，
从心灵深处这美妙绝伦的竖琴
　　发出的所有歌声！

不要紧，在这尘寰纵然没有神秘的权威，
没有庇护所、退隐处与高贵无比的地位，

无数深藏的天性日夜注视我们的动静；
但渔夫自有希望相伴的小船，
天鹅自有平湖，雄鹰自有高山，
　　人自有永恒的爱情！

1833年5月21日

又一曲情歌[①]

天亮了，你的门儿竟久久不开！
我的美人啊，为什么依然沉睡？
连玫瑰花都早已从梦中醒来，
你怎么依然在梦中独自陶醉？

　　啊，可爱的姑娘，
　　请在这里凝神
　　谛听你的情郎
　　这含泪的歌声！

大家纷纷敲门，催你赶快起床。
曙光在呼唤："我是绚烂的朝霞！"
啼鸟在呼唤："我是珍禽的合唱！"
我的心在呼唤："我是爱情之花！"

---

① 此诗原拟用作剧本《安琪罗》第二幕中罗多尔夫对卡塔丽娜所唱的歌词。

啊，可爱的姑娘，
请在这里凝神
谛听你的情郎
这含泪的歌声！

我爱你啊，我的天使，我的美人！
上帝让我与你永远如漆似胶：
我的柔情缠着你纯洁的灵魂，
我的目光恋着你秀丽的容貌！

啊，可爱的姑娘，
请在这里凝神
谛听你的情郎
这含泪的歌声！

1835年2月

在大海边[①]

看啊，这景色真美啊！——这无限的风光
永远周而复始地展现在我们的前方；
这麦浪，这温泉，这草地，这悦目的树林；
这茅屋，向我们传来一片欢笑的声音；
这紧接着我们所在原野的大海；
这由上帝造成的海湾又由人类重新安排，
蜿蜒曲折的轮廓印着双重的手痕，
一堆堆岩石上，林立的钟楼高耸入云；
这荒野，这森林，这四分五裂的山脊；
这齐水的山洞，吞饮着早潮晚汐；
这高山，峰顶上缭绕着云雾，
层峦中藏着个美丽的小翠谷，
仿佛一个孩子衣角上绣着花饰；
这轻雾半遮着我们视野的城市，

① 手稿原题："献给我的朱丽叶"。1834年8月，因朱丽叶遁入布列塔尼，雨果追踪直至海滨。戈东评论这首"揭开诗人生涯中一个伟大时期的序幕"的诗篇时，曾将雨果誉为"法国的维吉尔"。

连同人声嘈杂而拥挤的千家万户；
这时而在空中回荡的无数脚步、
枝丫相擦、练嗓与唱歌的声响；
这大海流向沙滩的余波浅浪，
隐约可见海藻披着绿茸茸的长辫
在闪闪发光的水中伴着山影打战；
这鸟儿在嬉戏，那鸟儿在遨游；
这里的耕犁，那里的船首，
同时划出各自的一条纹路；
这树丛，这桅樯，同是朔风的玩物；
那儿，在远处的山丘那边，
这满眼一片迷茫的地平线；
我们所见到的一切，有雾或者透明，
在光亮处浮动，在阴暗处飘忽不定，
飞逝的，挺拔的，倾斜的，拥挤的，偏僻的，
波涛，岩山，草坪，——看啊，这就是大地！

在你的头上，这如此美丽的云霞
正化成一片鲜红的花朵在空中高挂；
这今夜将是无边黑暗的满天碧蓝；
这充满永恒和谐的空间；
这奇妙的太阳，这光芒四射的太阳

如此有力地改变我们眼前的一切形状，
有时，金银铜铁原来竟是蒙蒙细雨，
我们从空中只看见辉煌的废墟，
一堆堆杂物，一堆堆铜器
光彩夺目，摇摇欲坠，互相倒在一起，
松开的甲胄，护胸甲，挡箭牌，
还有那块乌云宛如马臀上套着金铠；
天空啊，这如此浩渺如此碧蓝的海洋，
无岸又无底，没有界限也没有中央，
因任何气息的变化而波涛汹涌，
呼吸着的万物不是摇动，就是运动，
随着波浪起伏，波浪又连着别的大海，
让一切都交织在无限之中，又往又来：
温和的风与冰冷的风，黎明与傍晚，
三伏炎夏的酷暑，数九隆冬的严寒，
鲜花的清芬与香炉的芳馨，
晚礼服上闪闪发光的繁星
与捉摸不定的星辰，那在帷幕的皱褶
和薄纱的轻雾中隐去踪影的闪光片，
闻鼓声而陶醉的士兵的喧嚷，
因爱情而战栗的安乐窝的损伤，
气流，回声，缕缕轻烟，茫茫迷雾，

人们还没给起名儿的无数事物，
光波与声波，人们在黑夜
感到的一切，在白天看到的一切；
好啊！白云，蓝天，太空，深渊，上苍，
这大气的海洋，这雄伟壮丽的地方
到处是一片光芒，一片光彩，一片光辉，
我们的灵魂与肉体在这里双双高飞，
近在眼前的飞鸟，远在天边的星球，
按照深刻的规律在我们头上遨游，
这总体广阔无垠，包罗万象，难以形容，
不可思议，美妙绝伦，——看啊，这就是天空！

是啊，大地诚然壮丽，天空诚然绝妙；
然而当你的心口急跳，当你的眼睛闪光，
当你亲切的脚步如此轻快地踏过芳草，
那声音的轻柔胜过竖琴的音响；

当你纯真的微笑，你灵魂的曙光，
喜气洋洋地照着我，使我恢复了青春，
从你粉红色的嘴，那柔情的故乡，
直上眉宇，你满面春风，犹如满天彤云；

当不见你时我听到你充满朝气的呼唤，
你那羞答答的话语，我每每不禁说出口，
仿佛岸影下逐渐远去的水声潺潺，
宛如梦境里隐约传来的鸟语啁啾；

当我那横遭攻击与摈弃的诗章，
半途在你的脑海里稍微休息一下；
当我沉痛的心绪躲进你的思想，
好比洁白的手遮住黑夜的火把；

当我们两个人同坐在山谷里；
当你的眼睛突然显出你的心灵，
含着远居异乡的姐妹的泪珠凝视
人间的某个贞女或天上的某颗星星；

当你美丽的目光，因长期痛苦而暗淡，
在你眼中闪耀，好像枝丛下的火焰；
当你猛然想起那旧日的种种苦难，
你对我强颜欢笑，却禁不住泪流满面；

当你的躯体与生命在你的呼吸里回响，
好比时时刻刻都在振动的键盘；

当你的手指放在我颤抖的手指上，
让天堂的歌手在我心中唱个没完；

啊，我至高无上的所爱！当我注视着你，
当你高尚的品性，眼神里喜气洋洋，
犹如曾经掩藏过上帝本身的火棘，
开出所有的鲜花，发出所有的光芒；

从这么多亲切事物里同时涌出的回忆，
从你的美貌中日夜发出的芳馨，
宛如无数玫瑰花袭来的一片香气，
远远胜过大地与天空，——这就是爱情！

1834年10月

既然我们的岁月充满了烦恼与灾难[①]

既然我们的岁月
充满了烦恼与灾难；
既然你所联结的一切
如今已四分五散；

既然我们的双亲已去到
我们将来都要去的地方，
既然儿女，我们的珍宝，
已纷纷先入梦乡；

既然你所崇拜的大地
浸透了你的泪水，
将我们的根抱在怀里
发出我们最初的蓓蕾；

① 手稿原题："献给你，朱丽"。朱丽，朱丽叶的昵称。

既然我们爱过的人们的歌声
织入我们爱着的人们的声音；
既然我们的幻想本身
笼罩着旧日的阴影；

既然我们一边陶醉，
一边又感到无限的隐痛，
既然生活犹如酒杯，
斟不满也喝不空；

既然我们越是走向
黑暗深处，越是动摇不定；
既然骗人的希望
再没有什么故事娓娓动听；

既然敲响的时钟
没有给我们指出任何前途，
既然在通向明天的道路中，
我们举目无亲，茫然四顾，

愿你的灵魂离开这个世界！
愿你的梦幻飞向另一个天涯！

你的明珠不属于我们的大海！
你的幽径不在我们的脚下！

当夜空没有一颗星辰，
来吧，请随着海浪摇荡；
黑夜戴着面纱，如同死神，
海浪好像生活一样悲伤。

黑暗与深渊自有奥秘，
任何人都不知道答案；
正是上帝让它们严守秘密，
直到天亮，才让万物交谈！

要透过一片汪洋寻找海底，
别的眼睛都是徒劳！
要向这夜空的深处凝视，
别的眼睛都被黑暗笼罩！

你啊，请向这黑夜的世界要求
让你荒芜的心获得安宁！
向这交响乐要求一段独奏！
向这巨坛要求一滴甘霖！

请超越所有别的美人，

让你如此美丽的目光

在天国的幽魂

与大地的墓园之间飞翔！

1835年2月19日

既然百花争艳的五月在草地上呼唤我们

既然百花争艳的五月在草地上呼唤我们，
来吧！收起你的倦容，让你的灵魂
飞向乡村，飞向树林，飞向可爱的绿荫，
飞向月光融融的海滨的梦境，
飞向小径的尽头，飞向大路的起点，
飞向东风浩荡的春天，飞向辽阔的天边，
怀着对天际的依恋，这谦恭而喜悦的世界
正仿佛亲吻着上帝外衣的下摆！
来吧！这透过无数面纱才投到世界上、
羞得满脸绯红的繁星的目光，
这一片鸟语花香的树丛，
这正午的田野里满怀激情的东风，
这疏影，这朝日，这碧波，这绿茵，
这整个大自然的一片光明，
多么希望你容颜的美，你心中的爱，
宛如盛开的重瓣花似的大放异彩！

1835年5月21日

别人由着自己的生活……[1]

别人由着自己的生活、自己的灵魂、自己的愿望、
自己的天性、自己的羡慕走向四面八方；
他们的一切都顺从即将产生的事物发展的步调，
只顾行动不肯思考，只顾动脚不肯动脑；
他们盲目跟随的不是设想，就是美梦，
不是打开的每一扇门，就是卷起的每一阵风；
转瞬即逝的现在害得他们殚精竭虑。
他们永远不向往未来，从来不留恋过去；
他们只注意现在，这就是一切。他们的思想在怀疑，
在犹豫。他们只是来去匆匆的过客，并不珍惜
自己的道路，一切都渐渐从他们的心头消失，烦恼
被欢乐赶走，赞成被反对抹去，昨天被今天忘掉。
他们一天又一天，一个念头又一个念头地苟且偷生。
没有任何准则在他们的心愿深处留下印痕；
没有任何和谐使他们始终处在融洽的领域里。

---

① 此诗献给阿黛尔·富歇。

当他们凭着热情思索一个小时，
这连续的一小时从他们的生活后面透过思想
引不起任何遥远的回响；
对他们那变得灰暗的心来说，
爱情没有痛苦，过去没有根，未来没有花朵。
啊，向我的灵魂深处放射出如此灿烂的阳光的你，
十二年来，你相继作为妻子与天使，
在人世间帮助我或在天上把我扶住，
在你的怀抱里安慰我或在你的翅膀下将我保护；
你总是让话语饱含你的一片热忱，
宛如一个充满活力的象征，
明明白白地以外表的和平显示出内心的娴静，
以身体的健康显示出精神的安宁，
以欢乐显示出仁慈，犹如神灵
本身，以极度的美显示出至高无上的德行；
你呀，我的灯塔，我的目标，我的极，我的磁石，
当我们在任何情况下都动摇不已，
你深知任何灵魂都有自己心目中的标准；
你的一切又公正，又灿烂，又忠诚，
你决不打乱一切和谐的事物，
你在这里，就好比一颗星球在天空深处！
你心中没有任何自我冲突；一切都显得雅致；

你的灵魂微笑着与你的思想拥抱在一起；
你这偶尔也留下泪痕的生活
神秘得好像树林里发出呻吟般叫声的鸟窝，
好像从青苔上慢慢而悄悄地流过的清泉一样，
形成美妙绝伦的事物的令人陶醉的合唱；
善良，贞洁，妩媚，笑容纯真，目光如火，
你这整个天性就是献给上帝的一曲颂歌。
一看见你如此完美，如此绰约多姿，就仿佛
从你前进时的所有举止中迸发出
一支清新、平缓而庄严的乐曲。
别人都是噪音，
只有你才是歌声！

18（34年）10月（17日）于罗什

心声集（选）

张秋红　译

致奥林匹欧[①]

啊，诗人！我要从你留有伤痕的心里
摇醒你沉睡在灵魂深处的记忆。

那时你还没见过她；记得有天晚上，
当闪烁的繁星从夜空放射着光芒，
她突然出现在你的眼前，那么鲜艳而美，
满厅辉煌的灯火因她而顿时失去光辉。
无数璀璨的珠玉闪耀在她的云鬓中；
乐队的琴弦随着她每一个舞步颤动，
她那雪白的脸，乌黑的眼睛，轻盈的舞姿，
引得周围屏息静观的人们如醉如痴。
她周身都是闪光的火焰，欢笑的激情。
动听的话语时而从她的智慧中降临，
好比拾穗女人袋里漏出金色的麦穗，
或者露出她那吐出一片清芬的嘴。

① 手稿原题："忆初见朱丽叶之夜"（大约在1832年5月的一次舞会上）。

人人都惊叹不已，人人都赞不绝口：
她的头脑让理想压过对爱情的追求，
她微开的笑颜就像朝霞一样鲜艳，
她的双肩越来越富于热情，她的双眼
宛如火花四射的光源中心的窗户，
让人洞察她那烈火熊熊的心灵深处。
她不停地来回旋舞，仿佛起火的飞鸟，
无意中让火焰在无数颗心里燃烧，
她每一个舞步都美妙绝伦，动人心弦，
使全场神魂颠倒的人们看得眼花缭乱！

你呀，你久久凝视着她，却不敢接近，
因为满桶的火药怕的是一颗火星。

1837年5月26日

致一位富翁[1]

啊，阔少！我可怜你：但我对你这巨大
而迷人的仿佛在微笑的花园却感到惊讶！
从你的门口放眼四望，这花园一望无边，
因阳光与季节时而庄严，时而春风满面，
芳草萋萋，流水潺潺，方圆数十里之内，
隐约的群山连绵起伏，远影一片苍翠。
我惊叹你的产业，然而我却为你惋惜！
因为在如此壮观而茂密的树林里，
明媚的春天展现出无限的锦绣风光，
你竟像破败不堪的草房，比那因梦想
耗尽心血而奄奄一息的人更悲惨不幸，
富有却毫无快乐，年轻却毫无激情，
你那阴暗的心灵深处早已支离破碎，
只剩下旧日为浇愁而喝空的一堆酒杯，
这堆残破的酒杯留给你的只是烦恼，
而爱情、欢乐与童真却全都逃之夭夭！

① 诗题曾拟为“致某公”。

你自以为令人艳羡，但只引起我的怜悯！
这富丽堂皇的高楼向你的心灵与生命
投下讽刺的阴影，这周围环境的优美
在嘲笑中更显出你容颜的暗淡与憔悴。

请告诉我，你可相信你果真在主宰
这绿荫与鲜花的王国，这火树的圆盖，
这池塘在晚照中闪着银光的波影，
这犹如幽暗的走廊隐入林间的小径，
这从林外一座高塔所守卫的山冈，
这令人如此赏心悦目的一派旖旎风光！
在这神圣的王国，犹如在广阔的世界，
在满目葱茏的幽谷，在草原，在大海，
大自然天生的美色丽质千古不朽，
而你这庸人却只不过是行尸走肉！

你在这里干什么呢？人们从来没看到，
当晨曦染白屋顶那深灰色的尖角，
你步出门庭，浮想联翩，采摘野花这百卉
献给啼鸟的满含朝露的彩虹色的酒杯，
时而停下来，让一本中断阅读的书
挂在手里，你久久独立于林荫小路，

听晓风的私语犹如变幻不定的诗章
打断那清泉流水不绝如缕的歌唱。

你从来没有翻越过一道又一道高山，
沿着那引人遐想的崎岖小路不断登攀；
你从来没有面临映出倒影的平湖
欣赏那像竞技者一般婆娑起舞的柳树。
那宛如埋头于书本而全神贯注的哲人
凝视着一马平川在自己的脚下永生，
又仿佛依恋于奥秘的朴实无华的精灵
弯着腰的老榆树，你也从不去问个究竟。

夏天，当正午的骄阳像烈火似的燃烧，
当不可抗拒的疲乏困倦将一切笼罩，
当安达卢西亚姑娘与林鸟纷纷入梦，
那胆怯的小鹿蜷缩着躲进山野的岩洞，
从没看到你脚步轻移，远离讨厌的人们，
蹑手蹑脚，好像生怕惊醒什么人，
趁着寂静从苔藓的绿茵上飞向睡乡，
在浓荫如盖、四处飘香的密林里徜徉。

这一切对你又有什么意义？空中的白云，

绿树与蓝天，在你眼里只是烦恼的象征。
你才不是疯子，他们熙熙攘攘，不断吹嘘，
到处侧耳细听响彻四方的歌声笑语，
对带来大好春光的上帝充满了感激；
他们拾起鸟巢，时而又久久地注意
某个黑色的蘑菇，那草丛中的怪物。
而你却只用盯住钱袋的目光扫视花束。
你四月的乔林伸出千万双手臂，
仿佛在要求无数情侣的足迹，
无数堕入情网的心与坠入沉思的灵魂；
在一片茂密的枝叶下，你也感到欢腾，
盘算着生长中的轮伐林，你不禁想起
那寒冬里挨冷受冻的白发苍苍的巴黎
将倚靠着古老堤岸上新装的扶手，
等待你长蛇般随着河水流去的木头！
当我们凝眸远眺的时候，你就看到
金色的麦浪变成面粉，青草化为干草；
在你眼里，庄稼汉只是你雇佣的农夫；
在你眼里，任何含愁或微醉的袅袅烟雾
从淡雅的景色中升起，都来自旧墙角落
那烧着什么野味的含有杂质的炉火。
当黄昏将夕阳那金涛般的余晖

照向席地而坐的强壮的骏马的后背，
当晒黑了皮肤的牧人挥动有力的臂膀
赶着你巨人般的牛群从低凹的道路上
急匆匆地拥向归途，乱纷纷地奔向秣槽，
面对这幅图画，你想的是你待售的地窖，
你将不得不竭力弥补损耗的缺口，
你的年金正在堂卡洛斯的足音[①]里颤抖！

暮色中，送走一个漫长而单调的白天，
你深闭朱门，幽居蜗庐。秋季凉爽的夜晚
向天鹅绒般的山坡散发出清新的气息。
你一无所知。但有什么关系！在你家里，
一群有那遮没鬓角的金黄色的云鬟、
灯光的反光所映红的玫瑰色的容颜
与闪动着秋波的美人悄悄地说话，
围坐在四周，组成一圈娇艳的鲜花；
所有这些美人的私语丝毫也不敢显示
她们的渴望、她们的灵魂与她们的心事，
那朦胧的爱情宛如花朵含苞欲放，
只要低下头去就会闻到一股幽香。

① 指斐迪南七世的弟弟卡洛斯与女儿伊莎贝尔自1833年斐迪南死后直至1839年为争夺西班牙王位进行的战争。

你一无所知。你向着这苦闷的哀歌
投出一丝冷淡的笑影，竟和几位男客
躲到一个角落里，坐在四支蜡烛下，
围着一张绿色的桌毯，发出一片喧哗，
你们任意玩着各种纸牌，吵个不停。——
窗外此时正是满庭月色，满园花影！

啊，可笑的狂人！我要直言相告，毫不含糊：
这土地，这牧场，这圆形的小山谷，
这村庄喧闹不止的芳草与绿叶的家乡，
这听任麻雀进行欢乐的掠夺的麦浪，
这连冬日的淡汝也令人陶醉的田野，
决不属于你，你对这一切全不理解。

你可看到，所有那些过客、诗人与儿童
都投入你密林这摇曳不定的浓荫中，
那醉心于碧空与微风的可怜的青年画师，
那爱火中烧的情郎，那苦心孤诣的学士，
都纷纷来到这幽静的地方纳凉，
有的追求爱情，有的探索知识的海洋，
所有的游人都赞赏这胜地的美丽，
流连忘返，远离了尘世，靠拢了上帝，

在这里忘却了他们灵魂深处的烦恼
那阴沉而模糊的喧嚣，从这里找到
宇宙间某种茫无边际的安宁，
所有这些游人，没有财富也没有野心，
他们那沾满尘土或草丛露珠的双脚
引得你从豪华的双篷马车上发出嘲笑，
在这枝繁叶茂的花园里受你的管辖，
却比你更富有，更自由自在，更像是东家，
尽管你能动手关上栅栏，筑起围墙，
切断密林的浓荫，出卖百鸟的合唱！

从这幽静处，他们谁也不是毫无结果。
只要善于采集，到哪儿都有神秘的收获。
智慧的涌泉到处都源源不断，永无穷尽。
满怀怨尤的胡思乱想所背弃的心灵
追念着枯木朽株，缅怀着古桥残迹。
那形成茫茫林海的每一个客体
和灵魂的森林里的某种同类互相适应。
牧人平息了的狂热呼唤着火似的爱情。
整个世界都给思想家出主意，不分老少。
矢车菊犹如忌妒者将人们刺得难熬；
绿叶争先恐后地生长；海涛汹涌澎湃，

提醒我们：时光正在飞逝，千万不能懈怠。
对他们谁也不沉默。不冷淡，不死气沉沉。
几片带血的羽毛唤起他们的悔恨；
清泉成了泪泉；那痛饮流水的鲜花
催促着孤寂的心灵回首虚度的年华！

在他们眼里，幽深的山洞藏有灿烂的梦；
入夜，望着布满繁星的美丽的碧空，
枝叶纷披的大树，好像穿过茂叶繁枝，
向他们献出金色的星辰与白色的鸽子，
献出战胜不幸的心灵里美妙的生命，
因为林鸟说："热爱吧！"星辰说："请相信！"

这就是喃喃自语的枝丛里圣洁的黑暗
从你的园中向苦难的灵魂发出的呐喊！
而你在干什么呢？回答吧。——年年，随着金涛，
这窃窃私语，这浓荫，这难以形容的珍宝，
这清风的嬉笑声，这绿树的飒飒声，
来到你这微开的心灵的深处藏身；
你将这爱情所陶醉的林荫如盖的地方，
将这大自然竟当作巴黎歌剧院的包厢！

迷人的音乐从来进不到你的心里！
在艺术与你之间，金钱筑起可耻的墙壁。
懂得艺术的心也懂得其余事物的奥妙。
你竟去高枕而卧了！你竟不曾料到
格鲁克[①]就是森林，莫扎特[②]就是泉水，
犹如你钱袋吞没的所有这绿色的宝贝。

你酣然入梦了；一旦满面笑容的时髦
博得你阔少的青睐，你就会带着欢叫
突然出现，打听作家叫什么名字，
却一心指望诗神缪斯是个男子！
因为你将怀着出奇的骄傲顽强地抗拒，
假如黄昏有人带来一支哀伤的乐曲，
那乐曲在理想的烈火中燃烧着激情，
好像华丽的花瓶里灌入美人的一颗心[③]。

啊，你这拥有壮丽胜地的无权的园主！
你这嵌入璀璨的红宝石中的假珍珠！

① 格鲁克：1714—1787，德国歌剧作曲家。

② 莫扎特：1756—1791，奥地利作曲家。

③ 暗指路易斯·贝尔坦根据雨果1836年11月的脚本所作歌剧《艾丝米拉尔达》的失败。

你这引起满园的幽仇暗恨的主人！
你这吸橡树的血而生存的槲寄生！
你这可怜的富翁！——苟活吧，既然虚度韶光
也算生活。苟活吧，不要爱情、理想与信仰。
苟活吧，为了卑贱的金钱与无聊的虚荣。
你竟感觉不到上帝在芦苇荡里颤动，
在鸟群中歌唱，在曙光中凝视，
你饱食终日，无所事事，徒然是走肉行尸！

因为——虽然你向那些美人露出笑容，
随着黄昏的抒情新曲乱叫一通，——
但在那山庄炊烟缭绕的倾斜的丘陵，
在一片繁枝茂叶下，在花畔，在湖滨，
在你自己的花园里，你却来去如蠢猪，
你出于贪得无厌的本性而目光如鼠，
对人生，对乐曲，对歌声，你的铁石心肠
就像那游荡在大树林里的野狼！

1837年5月22日

看啊，那些孩子团团围坐成一圈

看啊，那些孩子团团围坐成一圈。
他们的母亲就在旁边，她那青春的容颜
　　真叫人把她当作姐姐；
她疑惑的目光从他们天真的游戏里
仿佛看到命运变幻莫测的波涛涌起
　　在遥远而陌生的世界。

在她的身旁，他们没有泪水，只有欢笑，
她的光辉如此灿烂，她的心如此美好
　　而又和孩子们的心如此相似，
透过她锦瑟年华的一片光明，
她这充满母爱的刻苦耐劳的生命
　　化成一首动人的诗！

她形影不离，日日夜夜将他们守护，
无论一月的寒夜那火舌狂舞的壁炉

　　成为天伦之乐的中心；
或者五月那吹皱一溪春水的和风
在他们的上空摇动一片花枝叶丛，
　　又摆弄绿树洒下的浓荫。

有时，一个穷孩子走过他们的身旁，
怀着无限渴望，以惊奇而羡慕的目光
　　将银色的精美玩具注视，
这母亲原来是活生生的上帝，
只消微微一笑，她就让玩具变为赠礼，
　　让贫苦的儿童变为天使！

我将这母亲和她的子女久久凝望，
当这孩子们的笑声在我的四周荡漾，
　　宛如沙滩上群鸟的歌声，
我的心激动而沸腾，我不由感到
一阵阵卷起浪花的汹涌的波涛
　　解放了我充满梦幻的灵魂。

1834年6月

（1837年6月12日）

海风呼啸之夜①

哪儿的声音这么低沉？
听啊，那大海
怀着悲哀
将哭声与怨声
不断地传来，
时而，抽泣中
夹着一声尖叫……——
阵阵海风
在吹着号角。

今夜的雨下得多大呀！
我的主人，是不是？
海滨哪儿，此时
天黑得像乌鸦，
海吼得像猛狮！

① 手稿原题：“海风”。

简直像寒冬；
真叫人将时令混淆……——
阵阵海风
在吹着号角。

啊！失踪的水手！
远处，一片黑暗，
那下沉的船
有多少人伸手求救，
向大陆呼喊！
海浪汹涌，
吞没了铁锚。——
阵阵海风
在吹着号角。

啊，粗心的船夫！
狂风在帆上
像用牙齿一样
撕碎了麻布！
天上没有一点儿星光！
一个使着水泵，
一个抵抗着风暴。——

阵阵海风
在吹着号角。

灯塔啊，上帝在沙岸
竖起的烛台，
迷雾将你遮盖，
不见你红光闪闪，
当惊涛澎湃，
船夫的梦
正是你，正是你的火苗！——
阵阵海风
在吹着号角。

1836年7月17日

啊，姑娘，爱情首先是一面镜子

啊，姑娘，爱情首先是一面镜子，
娇媚秀丽的少女总喜欢看自己的丰姿，
　　因欢乐或幻想而出神；
一旦犹如贞节占据你的心灵深处，
这镜子就赶走好嘲弄人的邪恶与痛苦，
　　照出你洁白无瑕的灵魂；

但若因疏忽而失足……你将堕入深渊！
你挣扎的双手在悬崖脚下空白攀缘，
　　转眼间你在旋涡中消失！
爱情圣洁动人，但又致命。千万不要轻信！
别像那孩子在河流的引诱下步入绝境：
　　照照脸，洗洗澡，终于淹死。

1837年2月25日

玫瑰与坟墓

坟墓问玫瑰：
“你把黎明洒在你身上的泪水
变成什么呢，爱情之花？”
玫瑰问荒坟：
“你把坠入你永远敞开的深渊里的人
变成什么呀？”

玫瑰回答：“啊，阴郁的坟墓，
我在黑暗中把这些泪珠
变成龙涎香与蜂蜜的一片香气。”
“悲哀的花呀，”荒坟
回答：“我把投入我怀抱的每一个灵魂
都变成天上的天使！”

1837年6月3日

啊，诗神，忍耐些吧

啊，诗神，忍耐些吧！你的赞歌响彻云霄！
你的法律铁面无私，你的权力无比崇高！
热情洋溢的语言充满你的嘴巴，
从你的心灵里迸发出一片火花，
啊！请从此保持沉默，别再开口！
请等待你可以畅所欲言的时候。
请忍受这纯洁的少女不幸屈从的一幕。
但愿你因气愤而颤抖的双唇没有显露
你正在狂吼的内心深处的怒火。
在这个时代，无论带来沃土或酿成灾祸，
人人都像倾盆大雨般盲目地表现自己，
我们到处看到的只是狂怒与无力，
只是负担越来越重却又徒劳无功，
只是这导致崩溃的重负压垮了的桑松[①]。
最大的强者从来是控制自己力量的人。

① 桑松：公元前12世纪希伯来人的法官。

大海有时显得几乎没有一丝波纹，
直到太阳意外地早起，突然大放光芒。
请别动声色，自我克制的人自然在成长。

请面对尘世表现出超尘拔俗的姿态，
对于惩罚你女神素来谨慎而善于等待，
积累自己的力量就好像积累财富，
对于恶人不是软弱无力，而是不屑一顾！

昂首阔步吧！——请注视天空，凝望世界。
任所有那些无赖干出卑鄙的勾当来，
任那些下流的投机商一心只想着钱囊，
任那些尽人皆知的骗子手信口撒谎，
任他们伪善的灵魂充满了恶意，
任他们金玉其外，败絮其中，表里不一，
无论显达或者微贱，都打上厄运的烙印，
任那嫉妒的私生子瞪着痛苦的眼睛，
任那充当走狗又胆小如鼠的演说家
在十字街头出卖令人厌恶的空话，
为了几个臭钱时刻将法律糟践，
煽起民众的骚乱或国王的非难，
任那虚伪的朋友撒下仇恨的种子，

任那些富翁日夜花天酒地，如醉如痴，
在寻欢作乐的可怕的喧嚣中毫不害臊，
愿你从他们中间穿过，谁也不打扰，
向你所尊崇的人物严肃地致敬，
默默无言，脸上充满了端庄的神情！
请用你火似的目光探索那些心灵深处。
当人民在前进的道路上互相嘀咕：
“她扫向这狂乱的乌合之众的目光，
那带着雷鸣的闪电将落在谁的头上？”
让每一个恶人满怀恐惧地看雷电大作，
打着哆嗦喃喃自语：“矛头指的也许是我！”

期待中，请始终泰然自若，举止安详。
愿你长裙的下摆沾不到他们的泥浆；
愿所有这些恶人从现在开始，
因看到你脚边强压怒火的骄傲的雄狮
将利爪扣在你星光闪闪的竖琴里
而心惊肉跳地在你的周围纷纷战栗！

1836年9月6日

光影集（选）

张秋红 译

水手啊！水手啊！你们将升起白帆

水手啊！水手啊！你们将升起白帆；
你们将时而欢乐却经常忧郁地远航；
在闪烁的星光下，你们将遥望彼岸，
从风波里辨别前方是暗礁还是海港。

嫉妒的人啊，你们将腐蚀雕像的基础。
飞鸟啊，你们将歌唱！繁枝啊，你们将一片葱茏！
城门啊，你们将倒塌并被常春藤盖住。
大钟啊，你们将赋予小村庄以生命与美梦。

你们的性格将受到人类风尚的熏陶，
旅行家啊，你们将好比漂泊的火炬；
前进在我们这世界上，你们将勤于思考，
偶尔因古墓荒冢而触动幽情愁绪。

橡树啊，你们将在幽谷深处成长起来。

在遥远的轻雾里，在苍茫的暮色中，
古老的柳树啊，你们将显出忧郁的姿态，
那浣衣的水池将映出你们朦胧的愁容。

鸟巢啊，你们将因翅膀的长大而惊颤；
犁沟啊，你们将因麦苗的出现而激动。
火炬啊，你们那红彤彤的火花将四处飞溅，
那火焰将犹如动荡的精灵形成旋风。

雷电啊，你们将呼唤大海所命名的上帝。
小河啊，你们将哺育四月金色的花朵；
你们的碧波将照出人类庄严的影子。
你们将涓涓而流，人类将阔步而过。

每件事，每个人，每个灵魂或每种存在，
都将遵循自己的道路、规律、目标与追求，
将自己的一砖一石贡献给整个世界
凭借人类建筑的无数渺茫的高楼！

我将久久凝视这宇宙的上帝与主宰，
正是他创造了天空，无论黑暗或光明，
让我们从这深沉而令人崇拜的云海

满怀着渴望汲取无穷的平静与安宁！

1839年5月5日

又一支六弦琴曲

他们问："怎样
驾着我们的小船
避开警官？"
她们回答："请划起双桨。"

他们问："怎样
忘却争端、
苦难与危险？"
她们回答："请进入梦乡。"

他们问："怎样
不靠神奇的春药
就引得美人神魂颠倒？"
她们回答："请堕入情网。"

1838年7月18日

我对飞鸟始终情有独钟

我对飞鸟始终情有独钟。
在孩提时代，我常常走进树丛，
从树上的巢中捉住
一只只雏鸟。我先用芦竹
做成鸟笼，在青苔中间喂。
后来我把小鸟留在敞开的窗户周围。
小鸟并不飞走，偶尔避开，
我一叫就纷纷应声从林间回来。
有只白鸽与我久久地互相爱护。
如今我因此懂得培养灵魂的艺术。

1840年4月12日

阿黛尔·莱奥波尔迪娜

啊，孩子，任何希望都经不起考验。
我的白鸽啊，上帝在决定我们的荣枯；
他那必然带来痛苦的纺锤放出细线，
一旦线断了，我们的欢乐就归于尘土；
　　因为每一个摇篮
　　都孕育着坟墓。

从前，你可看到，未来那纯洁的光芒
曾在我眼花缭乱的灵魂深处闪烁，
我的心成了翠鸟所依恋的星空与海洋，
成了黑暗中盛开的光辉灿烂的花朵。
　　这往日的幻象
　　如今已不知下落！

假如在你的周围有谁因梦而垂泪，
请任他热泪纵横，别去追究原因。

唉！对于摆脱不了命运的人类，
这热泪往往满怀深情，令人欢欣。
　　孩子啊，任何泪水
　　都冲去某种不幸。

1839年6月2日

只要你仁慈……

只要你仁慈，
笑容可掬、慷慨赐予、
向等待他的人走来的上帝
　　就会感到欢愉。

只要你美丽，
这一切都发出光彩
却什么也没有燃烧的尘世
　　就会令人喜爱。

只要你高兴，
我这得到爱的庇护、
因一对明媚的眼睛而陶醉的心
　　就会眉飞色舞。

1840年1月1日

大海之夜[1]

啊！多少喜气洋洋地起航
到遥远的地方的水手与船长
曾消失在这一片昏暗的天涯！
啊，残酷而悲惨的命运！多少人
在没有月光的黑夜里永远葬身
在无底深渊这发了疯的恶浪下！

多少船主和船夫一起死亡！
狂飙夺去他们生活的所有篇章，
一阵风暴从惊涛上将一切赶走！
谁也不会知道他们堕入深渊的结局。
每一个参与洗劫的浪头都满载而去；
有的抓住了轻舟，有的抢走了水手！
可怜的遇难者啊，谁也不知道你们的厄运！

① 诗题曾拟作“水手”。诗题原系拉丁文，取自维吉尔史诗《埃涅阿斯纪》第二卷第二百五十行。此诗与《心声集》中的《海风呼啸之夜》作于1836年7月间同一次旅行中。

你们在茫无边际的黑暗中漂泊沉沦，
用失去知觉的头颅撞那陌生的礁石。
啊！多少衰老的父母怀着唯一的梦想，
每天伫立在沙岸上，临死都在盼望
　　他们一去不复返的游子！

你们往往成为亲人灯下的话题。
当你们在绿茸茸的海藻丛中安息，
围坐在生锈的铁锚上的欢乐的人群
有时依然提起你们蒙上阴影的名字，
伴着笑语歌声，伴着追述的奇闻逸事，
伴着你们美丽的未婚妻所回避的接吻！

亲人问："他们在哪儿？难道在什么岛上发迹？
难道恋上更富饶的彼岸竟将我们抛弃？"
对于你们的印象渐渐地变得渺茫。
波涛吞没了肉体，脑海掩埋了姓名。
流年将更阴沉的乌云笼罩每一个亡灵，
向夜色苍茫的大海撒下遗忘的罗网。

不久，你们的影子就消失在大家的视野里。
谁没有自己的小船？谁没有自己的耕犁？

在这暴风雨征服整个世界的深夜，
只有你们白发苍苍的寡妇望穿了秋水，
不倦地拨弄她们火炉与心灵里的残灰，
　　将你们缅怀，将你们等待！

一旦她们终于在孤坟里闭上了双眼，
就连为我们响起回声的狭小的墓园
那粗陋的石碑，就连那茂叶繁枝
在秋风里凋零的杨柳，就连古桥一角
那乞丐所唱的幼稚而单调的歌谣，
从此都再也不记得你们的名字！

这黑夜的怒涛所吞没的水手如今在哪里？
大海啊，你有多少令人悲痛欲绝的经历！
无底深渊啊，多少惊恐的母亲向你跪倒！
你涌起洪波，你诉说那些伤心事，
每当你从夜幕下向我们扑来时，
你的晚潮就带来这绝望的呼号！

1836年7月于圣瓦莱里

惩罚集（选）

程曾厚　译

黑　　夜[1]

1

这个日子的选定，你真是深思熟虑，
亲王[2]！该了结了，——那天夜里，寒彻天宇，
过来，站起来！自由之犬的獠牙可畏，
又在怒吼，在暗中嗅闻骗子的气味，
虽被卡利埃[3]拴上铁链，还是在吠叫。
不要再等了！此时应该把猎物干掉。
你看，十二月的浓雾黑得如坠深渊；
要像行窃的男爵溜出自己的家园，
突然袭击，冷不防咬住被围的敌人。

① 此诗是《惩罚集》开宗明义的序诗。“黑夜”既可具体指1851年12月1日政变准备的夜间，更是拿破仑三世统治下第二帝国的象征。长诗不仅在题材内容上，尤其在主题思想和道德立场上，是整部《惩罚集》的浓缩，是雨果倾注许多心血的力作之一。《黑夜》在诗集出版后曾被印成诗传单。

② 亲王指路易-拿破仑·波拿巴。

③ 卡利埃：1799—1858，第二帝国的警察总监，积极参与十二月政变。

站起来！士兵们都醉醺醺，又恶狠狠，
他们已整装待发，守候在自己营地，
只在等一个强盗，想拥立一个皇帝。
用手遮挡住灯光，过来时又藏又躲；
举起你手中的刀，正是时候：共和国
放放心心，没看见你的贼眼在发光，
把你的宣誓当成枕头在睡觉，亲王。

骑兵们，步兵们，快出营！弟兄们，冲啊！
捉拿议员！士兵们，用绳子紧紧捆扎
你们的将军，扔进关苦役犯的囚笼！
用枪押送国民议会进马扎斯[①]狱中！
用刺刀把最高法官赶出法院大门！
法兰西的勇士们，请当绿林的强人！
你们市民，凡夫俗子，一群畜生，请看：
这政变从锻炉里取出来，金光灿烂，
如同一柄由魔鬼挥舞的血红利剑！
民权代表为权利斗争：让他们归天。
兵痞们，雇佣兵们，卖身投靠者之辈，

① 马扎斯：法国19世纪关押政治犯的著名监狱。

杀死波丹[1]！杀死杜苏[2]！杀，杀，不问是谁！
这帮人民上街干什么？叫他们走开！
士兵们，这帮混蛋，快给我开枪，快，快！
开枪！至高无上的人民啊，然后投票！
要把权利，把荣誉，把法律统统除掉！
要让鲜血在林荫大道上滚流成河！
军用水壶盛满酒！担架上堆满死者！
谁想要喝点烧酒？这天气阴雨绵绵，
是该喝点。士兵们，给我毙了这老汉。
给我杀了这孩子。这女人是谁？母亲？
也给我杀。让这帮胡作非为的人民
发抖，让他们上街时踩的尽是血水！
这恶毒的巴黎在动，在抵抗。无所谓！
巴黎可恨，想报仇，叫他们卑躬屈膝，
知道我们有力量，对他们不会客气！
外国人尊重巴黎：我们要不落俗套！
把他们拴上马背，拖进泥潭里奔跑！
把他们又辗，又轧，让他们彻底完蛋！
无情的大炮，冲他们脸上喷吐炮弹！

① 波丹：1801—1851，立法议会议员，政变时在街垒上被杀。
② 杜苏：1818—1851，共和派律师，政变时在街垒上被杀。

2

完啦！处处是安静，处处是望而生畏。
布尔曼大王万岁！苏弗拉皇帝万岁！①
大家站在街垒上为欢乐频频开枪；
圣德尼门②有又高又大的拱形门墙，
大火在随风飘摇，大火的火光冲天。
完事啦，大家好好休息；可以听得见
刀在鞘子里作响，钱在口袋里叮当。
从银行到宿营地，钱包被掏空掏光。
谁杀人又快又好，谁杀人干脆利落，
外加荣誉十字勋章一枚，作为收获。
胜利者声声嗥叫，在瓦砾堆里跳舞。
滴血的尸体躺在角落里，不计其数。
喝醉的士兵粗野，只是小小的帮凶，
摇摇晃晃，把身子靠在墙上，却能用
支撑墙的手让某个人的脑袋开花。
又是喝，又是唱，大摆宴席，笑语喧哗；
又把战败者带上，大人、孩子都枪毙。
金光闪闪的将军骑着马，好不神气，

① 布尔曼和苏弗拉都是著名的杀人犯和匪首。
② 圣德尼门：在巴黎起义老区的西北端。

仰面倒下的死者对他们熟视无睹。
好极了！恺撒这回可抄了一条近路！
现在，马上就去向总统府道喜庆贺。
屋子里满是血迹，沟渠里血流成河，
到处是血！法官们轻松地提起衬袍，
才能够跨越叫人害怕的血红池沼；
教会很高兴，从中捡起一块热乎乎
的石子，给弗约[1]当墨水瓶，作为礼物。
对，正是各位，昨天一个小小的班长，
笑你们有戒尺，逼你们从象牙椅上
起来，高官们！现在，你们又充满勇气，
你们对于芒德兰[2]取胜已确信无疑，
你们已确信今后不必再为官清正，
确信芒德兰褒奖你们轻松的忠诚，
确信他从今以后大手大脚地付钱，
确信他掌握预算，你们再不冒风险，
确信他掐死法律，法律已经是尸首，
确信这一具尸体倒在他家的门口，
快快去，快快欢呼，高唱赞美的颂诗！
忘掉他昨天曾揍你们耳光的小事，

① 弗约：1813—1883，天主教作家，积极支持政变。
② 芒德兰：1724—1755，走私贩子，被极刑处死。

而且，既然他杀死老人、妇女和童孺，
既然他谋害，杀戮，全心全意地投入，
快跪倒在万能的杀人凶手的面前，
舐他的脚，把血迹擦得不留下一点！

3

此人在自言自语：——“身为大军的主将，
　　他还是超人的皇帝，
信息女神[1]光着脚带领他迎风飞翔，
　　喇叭紧紧握在手里，

“拿破仑在风暴中统治十五个春秋，
　　驰骋东西，辗转南北，
他可在崇拜他的众国王头上行走，
　　国王都吻他的脚背；

“他的雄图能包容一切，马德里、柏林
　　和莫斯科都被占领；
我的办法更高明：我要把利爪掐进

① 信息女神：神话中她有翼，吹号。

我们法兰西的脖颈！

“法兰西自由、骄傲，高唱着团结为重，
向神圣的目标奋斗；
而我，我先从背后用绳索把她套中，
然后卡住她的咽喉。

“一部历史，我要和我伯父共同享用；
两人中间谁最聪敏？
当然是我！他会有吹吹打打的光荣，
我会有满袋的金银。

“他响亮而热闹的名字掉进我摇篮，
我当然要为我所用。
矮子爬上巨人肩。他的正面我奉还，
他的反面在我手中。

“我紧紧抱住了他！我这就成了主人。
我的命运，我的前途：
在历史上，我要不拖着他一起下沉，
要不就踩着他飘浮。

"我是猫头鹰，我的爪子攫住这雄鹰。
　　我低又低，他高又高，
我抓住了他！他的大周年举世闻名[1]；
　　这天对我实在重要。

"到那天，我会卷起长袍，就摇身一变，
　　盖住自己本来面目；
谁也想不到，我会给你光荣的一天，
　　带来的是奇耻大辱；

"我会伸出我一双置人死地的手掌，
　　轻而松之，抓住敌人；
那一天，法兰西会躺卧在桂床之上，
　　呼呼大睡，又香又沉。"——

于是，他悄悄走来，色鬼已病入膏肓，
　　脸色发白，眼圈浮肿，
这个夜贼竟借奥斯特利茨的太阳，
　　点亮了自己的灯笼！

① 拿破仑于1804年12月2日加冕为皇帝；1805年12月2日，他又在奥斯特利茨战役中大获全胜。

4

胜利了！亲王，现在该你走出来亮相！
歌剧院的歌女找不到俄罗斯亲王；
昨天的小让娜以及今天的帕美拉[1]，
被一场场的革命害得没有了办法；
提心吊胆的唐璜[2]如今是阿尔巴贡[3]：
剩下的一丁点儿使钱包又瘪又空；
　赌场里的钱越来越少；报纸的新闻
使教堂的告解座竟走得空无一人；
慈悲心自然死亡，慈悲心骨瘦如柴；
拒不付款的证书如冰雹纷纷飞来，
黑压压，马尼昂[4]的门房就乱了手脚；
大家对拉维尼昂[5]神父的说教大笑；
再也没有纯种马踢时髦女郎的门；
无政府主义的怪物如今对于美人，
幻成出租马车的驽马，可怕又可悲，

① 小让娜和帕美拉之类，泛指上流社会里的烟花女。
② 唐璜：莫里哀喜剧里花花公子式的人物。
③ 阿尔巴贡：莫里哀喜剧里著名的守财奴。
④ 马尼昂：1791—1865，拿破仑三世的元帅，政变的主要参与者。
⑤ 拉维尼昂：1795—1858，耶稣会讲道师。

花三十个苏[1]，就拉她们去参加舞会。
愁眉苦脸笼罩在巴比伦城[2]的上空。
但是，铁腕已举起；纵队已立业建功；
一切会新生，一切会康复，也会得救。
这样，女戏子会去把外国富豪骗走，
人人心情舒畅，丘八，恶少，善男信女；
主教大人，嚼舌头的娘们，都在唱曲。
行啊！大家庆贺，打下江山，有福同享！
老党老派因为对芒德兰十分敬仰，
来他家报到，发式陈旧。法尔斯塔夫[3]
敢点潘趣酒，而达尔杜弗[4]会点蜡烛。
总统府里一片欢腾，只闻鼓打锣敲，
帕里厄[5]，蒙塔朗贝尔[6]，西布尔[7]，唯恐迟到；
鲁埃尔[8]这个婊子，特罗龙[9]这个贱人；
希腊人，犹太人，有谁愿意出卖灵魂；

① 苏：旧时辅币，1法郎等于20个苏。
② 巴比伦城：诗中借指巴黎。
③ 法尔斯塔夫：莎士比亚戏剧中的胆小鬼。
④ 达尔杜弗：莫里哀喜剧中的伪君子。
⑤ 帕里厄：1815—1893，曾任第二帝国的国民教育部长。
⑥ 蒙塔朗贝尔：1810—1870，天主教作家。
⑦ 西布尔：1792—1857，巴黎大主教。
⑧ 鲁埃尔：1814—1884，曾任司法部长等职。
⑨ 特罗龙：1795—1869，元老院议长。

又有谁行窃，说谎，手法高明称一流；
圣水缸边的信徒，投机倒把的高手；
又有谁已是混蛋，更想要丧心病狂；
又有谁在心底里掂掂自己的分量，
自认为操劳过度，可进元老院就座。
小小的侏儒对高大的恺撒唯唯诺诺。
他可学孔雀开屏，参加节庆的盛典。
“好了，先生们，现在是不是可以开筵？”
帕帕瓦纳[①]如何想？罗耀拉[②]有何评论？
现在，我们要投票推举这几位怪人。
我们要用金字书写数字，到处张贴。
“快活吧！敲打钱柜，让笛声兴高采烈；
各位主教大人，赞美诗请齐声高唱；
就在教堂，在上帝老子的小窝前方，
会树起一根根的旗杆，上面挂彩幡。
胜利了！各位女士，来欣赏尸体展览。”

5

他们在哪儿？码头上，院子里，桥洞下；

① 帕帕瓦纳：1783—1825，曾因无端杀害两名儿童而被处死。
② 罗耀拉：1491—1556，原籍西班牙，天主教耶稣会的创始人。

阴沟里，命令掀开盖板的人叫莫巴[1]，
在堆积尸体满而又满的万人坑里，
人行道上，大门角落，和大街的东西，
处处是狼藉不堪，在货车车厢之中，
黄昏前后，车厢由龙骑兵负责押送，
车从演武场[2]开来，经过时阴阴森森，
吓得发抖的巴黎压低嗓子在议论。

唉，请你不要改名！古老的“殉难者山”[3]！
死者都是被砍杀，被碾碎，或被剁烂，
坟墓使这片田野充满死亡的神秘，
埋葬时，脑袋露出地面，地下是身体。
此人亲手把死者这般地肆意糟蹋，
竟对这些冰凉的额头不感到害怕。
他们都张开了嘴，血淋淋，又冷冰冰，
看起来实在叫人害怕，神态太安静，
仰脸对青天，绿草丛中分外地苍白，
捅破肚子，砍破脸皮，傍晚阴风吹来，
摇曳的荆棘不停抽打他们的面孔，

① 莫巴：1818—1888，巴黎警察局长，政变的主要策划者。
② 演武场：此演武场位于巴黎市西的塞纳河边。
③ 巴黎经常举行起义的区“蒙马特尔”相传其原义为“殉难者山”。

郊区的居民从不后退，人人是英雄，
双手白皙的富人，臂膀壮实的穷人，
美丽俊俏的少女却有紫黑的嘴唇，
母亲仿佛在指着她已死去的孩子，
白骨丛中，或满头金发，或两鬓银丝，
紫杉树的阴影下，他们都摩肩接踵，
他们惨白，呆滞，沉思，他们纹丝不动；
他们是同一罪行、同一灾难的鬼魂，
张着不动的空眼，注视天上的星辰。
从清晨起，就有人前来，在乱草堆里，
把自己家中没有回家的亲人寻觅；
人民静静凝视着这些骇怕的头颅；
在十二月的季节，傍晚可更加短促，
黑夜爱面子，张开尸布，把他们掩盖。
每天晚上，护墓的老大爷独自走来，
他在墓石群中走，他走路又快又急，
远远瞥见这些苍白的脸，战栗不已；
而当死者的家里有人哭泣的时候，
北风无情，拍打这些不入殓的额头，
死者啊，墓园里有凄冷的重重暗影，
你们夜里向上帝在诉说什么事情？

看到神秘的死者，仿佛在我们面前，
目光注视着天空，脖颈露出了地面：
公墓里的柏树瑟瑟抖抖，晃晃摇摇，
听到有人吹响了最后审判的号角，
全体死难者突然一个一个在苏醒，
他们看见波拿巴已经站立在天庭，
在上帝面前带上肮脏、虚伪的灵魂，
他们从墓穴起来，他们要去做证人。

蒙马特尔，不幸的墓园，当夜晚来临，
今天，即使有行人走来，也不敢走近。

6

一个月以后，此人来到巴黎圣母院[①]。

他昂首而入；没药和肉桂香气盘旋；
巨钟轰鸣，使两座钟楼轻轻地摇晃；
大主教在场，春风得意，更满面红光；
无袖长袍的用料却来自一件尸衣；

① 1852年1月1日，巴黎圣母院举行颂唱“感恩赞美诗”的宗教仪式，场面隆重。

在圣殿深处，一座十字架高高挂起，
耶稣无法走下来，已经被牢牢钉住。
这浑蛋竟把谋杀罪行献给了天主。
他像狼咬人之后，在身上舐来舐去，
他捋捋胡子，说道："我已拯救了秩序！
各位天使，接受我参加你们的阵营！
我也拯救了宗教！我也拯救了家庭！"
他的魔鬼窥视的凶光毕露的眼中，
一滴眼泪在闪光……啊，殿内石柱重重！
圣约翰在拔摩岛[1]到张开的深渊，
见过塞扬[2]的太阳，见过尼禄[3]的苍天，
当年把提比略[4]吹向卡普里的海风，
让他金色的战船在波浪上下翻腾，
啊，东方来的惠风，啊，北边刮的狂飙，
你们说，凶手是否比骗子更加糟糕！

---

① 拔摩岛：是使徒圣约翰的流放地，相传他在此见到幻景，并写成《启示录》。拔摩岛是《新约》的译名，今通译帕特莫斯岛。

② 塞扬：一译塞扬努斯，罗马皇帝提比略的宠臣，为求继承其权势，无所不用其极。

③ 尼禄：37—68，是罗马的皇帝和暴君。

④ 提比略：罗马皇帝，晚年居住在卡普里岛，仍操纵罗马政权。

7

阴沉的大海，忠诚的海潮
拍打我展翅飞来的海岛，
我失败，可我并没有低头，
海上大气激荡，小舟覆没，
你为什么暗中对我诉说？
大海啊，你对我有何要求？

你无能为力！咬你的堤坝，
播撒你取用不竭的浪花，
请让我受苦，请让我憧憬；
纵然把你的水倾倒枯竭，
唉！都用来冲刷这件罪孽，
茫茫大海啊，也冲洗不净！

我懂，你会让我解解闷气；
你会说："请安静，我的兄弟，
请安静，壮怀激烈的哲人！"
可你自己呢，深邃的大海，
平息你的怒吼，你的澎湃，
你永远严厉，你从不沉沦！

你相信自己是威力无穷
你有人钟爱，你有人赞颂，
你仿佛就是造化和天命，
你被蔚蓝的天染得碧蓝，
你又用自己神圣的波澜，
把清晨的晨星洗涤干净！

你说："忘却前事，把心放宽！"
你指给我看倾倒的桅杆，
染绿的巨礁，崩溃的海角，
远处的浪花在瓦砾中间，
拍击着阴沉凄凉的巉岩，
仿佛一大群白色的海鸟；

光脚的渔家姑娘在歌唱，
倾斜的船怕蓝色的海浪，
水手的耕耘是何其艰苦，
波涛癫狂时，有浊浪滚滚；
你呀，既有说不尽的迷人，
可你又有道不完的恐怖。

你对我说："请把灵魂给我；

流亡者，用海水浇熄怒火；
跋涉者，把手杖扔进波涛；
为了我，放弃无益的观点。”
你说：“我让苏格拉底安眠！”
你说：“我让卡图[①]不再烦恼！”

不行！请尊重激动的声音，
尊重仁人志士愤怒的心，
请尊重疾恶似仇的襟怀！
去劝说被你征服的荒礁，
请你不要打扰我的风暴！
再说，我恨你，阴沉的大海！

大海啊！难道你不是奴婢，
借奔腾不息的滚滚海水，
穿越重重的海礁和海风，
载着黑色囚船漂洋过海，
看起来像是巨大的棺材，

① 卡图：古代历史上有两个人，系曾祖和曾孙，都是古罗马以爱国思想闻名的政治家。

去到卡晏[1]不见底的坟坑！

难道不是你把他们运走，
将去的坟墓张开了大口，
我们的受难者从容安详，
可船的底舱里缺少草垫，
而每门大炮盛满了炮弹，
张开大嘴，伸出铜的颈项！

如果他们哭泣，如果煎熬，
使这些高尚的豪杰弯腰，
难道不是你，可恶的深渊，
你参与让他们受尽折磨，
你是同谋，你喧嚷的洪波，
掩盖住他们绝望的叫喊！

8

这情况就是如此！历史在如实宣讲，
讲完后，羞得满脸通红，又眼泪汪汪……

① 卡晏：是法属圭亚那首府，曾是关押苦役犯人的地方。

当这伟大的民族有一天终于苏醒，
当时间终于来到，当一切终于报应，
血淋淋的利剑啊，请不要悄然出现！
千万！千万不要让痛苦再不可避免，
只为现在要惩罚这个阴险的小人，
惩罚这叛徒，更不说是阴暗的灵魂！
想起严肃思考的人不再勤于思考，
想起由宪兵押送囚车，手握着砍刀，
想起鼓声此起彼伏，人民高呼快冲，
想起群众站满屋顶、桥面、河堤、门洞，
想起昔日的刑场，阴暗沉闷的广场，
想起断头机上的铡刀在闪闪发光，
种种凄惨的景象，啊！可不要再回来！
天哪！我们和平地前进，每个人都在
自己所处的时代从事各自的工作，
诗人歌唱全人类浩大的劳动成果，
讲坛发出洪亮的声音，在侃侃而谈，
大家砸烂绞架和枷锁，宝座和王冠，
仇恨和痛苦每天在变得越来越少，
人类紧紧跟随着健康的进步奔跑，
法兰西走在前面，额头上光彩夺目，
这班家伙走来了！是他，这奇耻大辱，

是他，他这个强盗被人用圣油洗刷！
他们走来了，带来家破人亡和屠杀，
他们带来血和火，带来刀枪和尸衣；
他们向未来播撒，上帝啊，这些东西！

现在，慈悲心，你看，你不是正在发抖，
你听到这怕人的四个字：报复！报仇！

我呢，我是流亡者，血撒在荆棘路上，
我两手抱住脑袋，我的梦凄然忧伤，
我有时感到，我的思想正纵身飞跃，
插上翅膀，飞进了今后来临的岁月！
革命啊，你是目光贞洁坦然的巨人，
但愿没有人看到，因为你心急如焚，
面对你这高傲的怒气冲冲的情绪，
全人类瑟瑟发抖，对你喊：我的闺女！
她甚至用自己的身体遮挡住坏蛋，
她顿足又捶胸地跪倒在你的脚前！
啊，你会尊重这份难以压抑的痛苦，
你是纯洁的，你会在母亲面前打住！

啊，健壮的劳动者，光着膀子的工人，

是上帝亲自派你承担收获的责任，
要在一天内收割十个世纪的贫穷，
无畏，无情，讲实在，真诚，厉害，又英勇，
身材可以和罗马这巨人一般高大，
你征服了全欧洲，你张手一一拿下
各国国王，让他们一个个纷纷垮台，
你为新世纪降临，来结束旧的时代，
是你，你以恐怖的手段拯救了自由，
你的名字是“必然”，这叫人捉摸不透，
如在烈火中闪耀，你在历史上辉煌，
你永远绝无仅有，九三年你这金刚！
你身后不会出现如此伟大的事物。

再说，你出生之时担惊受怕的制度，
你受的教育对于自由的你有影响，
你身不由己，君主制度是你的爹娘，
你也会近墨者黑，给你的榜样可恶，
你和旧制度一样开杀戒；你只记住
旧制度给予你的教导：痛苦和刑罚，
先是死亡的法律，再有仇恨的律法，
你打倒暴君，法院、国王和封建朝代，
你挺身造反，也像他们下手时厉害。

感谢你这位巨人使我们事业成功，
身为“自由”的儿女，我们要与你不同。
从今以后，法兰西应该追求的理想：
就是爱心照耀在自己宁静的高岗，
基督的神圣法则，一尘不染的博爱。
这“博爱”两个大字大自然处处存在：
你们要相亲相爱！——我们大家是兄弟；
眼睛盯住“理想”这灵光闪闪的天使。
“理想”照亮了一切，“理想”勇往而直前，
“理想”即使在盛怒之时也神圣不变。
“理想”的每条原则永远会坚定不移。
战胜敌人不足道，永远高尚才称奇！
一旦我们逮住这卑劣、颤抖的叛徒，
我们的惩罚也要充分体现出进步：
要羞辱，不要处死。——人民啊！彻底埋葬
一去不再复返的王命难违的荒唐，
埋葬酷刑和绞架，埋葬铡刀和拷打！
未来的各国人民可早日意气风发，
融洽和睦对好人、也会对小人微笑，
和睦融洽把人类大家庭拥入怀抱，
并且对我们每人垂下可敬的笑脸！
啊！不要让别人说，世界为这个坏蛋，

会在崇高的前进道路上向后倒退！
说耶稣和伏尔泰都讲了空话一堆！
说经历千辛万苦，我们这时代最后
为人类生活加冕不过是无中生有，
唉！只要有哪怕是一时一刻的愤怒，
就会断送千百年积累起来的财富！
一个人可以严厉，但不要轻易见血。
啊！不要让别人说，只为他行为卑劣，
断头机及其黑篮被二月革命接受，
不无恶心地捡起，随之丢进了阴沟，
断头机如今醒来，刽子手满身血污，
用两只血淋淋的脏手又握起刀斧，
再一次树起早已打入坟墓的绞架，
面目狰狞，又出现在光天化日之下！

9

尤维纳利斯[①]曾经爱你，满腔的怒涛，
而你的光明曾在但丁凝眸中闪耀，
愤怒缪斯！请走来，现在，请树起座座，

① 尤维纳利斯：约60—约140，是公元1世纪著名的罗马讽刺诗人。

请给这个幸福和喜笑颜开的帝国，
请给这番躲过了雷殛天罚的胜利，
树起座座耻辱柱，来挥写这篇史诗！

1853年11月于泽西岛

〔手稿：1852年11月16日（1—8）和22日（9）〕

歌曲："雌鸟呢？她已经死去……"①

雌鸟呢？她已经死去。
雄鸟呢？却被猫捕取，
就连骨头也被吃掉。
一窝鸟在哆嗦发抖，
有谁能回来吗？没有。
多可怜的一群小鸟。

牧人撒了个谎不在！
狗死了！狼转去转来，
设下了阴险的圈套。
羊栏里在哆嗦发抖，
有谁在看管吗？没有。
多可怜的一群羊羔！

① 这首《歌曲》以近乎儿歌的形式，揭露了拿破仑三世称帝后法国人民横遭迫害的悲惨景象。

父亲在监狱服苦刑！
母亲被收容！真不幸！
住房在风雨中摇动。
简陋的摇篮在发抖，
有谁在家里吗？没有。
多可怜的一群儿童！

1853年2月于泽西岛

（手稿：1853年2月22日）

四日晚上的回忆[①]

这个孩子在头上被打了两颗子弹。
屋子里清洁安静，陈设普通而简单，
一幅肖像前插着教堂分发的嫩枝[②]。
年老的外祖母在屋子里哭泣不止。
我们静静地给他脱衣服。他的嘴唇
苍白微张，死亡已夺去倔强的眼神；
像请求有人扶持，他两手颓然垂落。
他口袋里还放着一个黄杨木陀螺。
两颗子弹的伤口比手指还要大些。
你们可见过桑葚在篱笆上面淌血？
他的脑壳被炸开，像是开裂的木柴。

① 本诗是集中的名篇。1851年12月2日，路易-拿破仑·波拿巴发动政变，下令军队对违反“戒严令”的百姓“格杀勿论”。4日正是镇压的高潮。一个姓布尔西埃的七岁男孩上街购物，被枪杀在蒙马特尔区的蒂克托讷街。雨果在《拿破仑小丑》（一译《小拿破仑》）一书中对这件亲眼所见的惨事有具体的记述。本诗叙事为主，用家常语言，自有一种感人的力量。

② 复活节前的星期天，教堂分发黄杨嫩枝，教徒带回家中，置于镜前或肖像上。

老人望着孩子的衣服被脱了下来，
说道："他身上多白！把灯光挪近一点！
天主！可怜的头发和他的两鬓粘连！"
衣服脱完了以后，她把他抱在膝头。
黑夜是多么凄惨，听得见就在街口，
有阵阵枪响，有人在杀害别的儿童。
战士们都说："应该把孩子葬入墓中。"
大家从胡桃木的衣柜里取出白布。
外祖母于是抱着孩子走近了火炉，
仿佛让他僵硬的手脚能暖和暖和。
任何东西被死神，唉！冰冷的手摸过，
人世的火炉再也无法使它们温暖！
她要给孩子脱去长袜，把身子下弯，
用她枯干的双手握住尸体的双脚。
"这样的事情还能不使人心如刀绞！"
她喊道："先生，他还不满八岁的年纪！
他在学校里上课，老师们都说满意。
先生，有时我需要写一封什么书信，
总是要由他代笔。是不是他们如今，
啊！我的上帝！现在要把孩子都杀掉？
我要向你们请问，他们都是些强盗？
是今天早上，孩子在窗子前面游戏，

他们把我可怜的小家伙打死在地！
孩子一走到街上，他们就朝他开枪。
先生，他又乖又好，就像小耶稣一样。
我反正老了，要死就死我这个老太；
开枪可以打死我，不要打死我小孩，
这对波拿巴先生可没有什么不好！”
她已经泣不成声，不得不停止哀号。
大家围着老人家流泪，她接着又说：
“现在我孤苦一人，我以后怎么生活？
今天，请你们给我解释，为什么如此？
唉！她母亲就给我留下这一个孩子。
干吗非要打死他？要给我讲讲原委。
孩子他可并没有喊过共和国万岁。”
我们都脱帽站着，沉痛得无从开口，
面对无法安慰的伤心事瑟瑟发抖。

老母亲，你一点也不懂什么是政治。
拿破仑先生，这才是他真正的名字[①]，
他很穷，又是亲王，他也爱高楼大厦，
他也想要家中有仆人，马厩有骏马，

① 普通人以姓氏称呼，但帝王的号用名字。所以诗中外婆用“波拿巴先生”“拿破仑先生”反映出他称帝的野心。

他要吃喝和嫖赌，他要寻花和问柳，
这都要花钱，与此同时，他还要拯救
家庭，要拯救教会，最后要拯救社会；
他夏天在圣克鲁[1]要有盛开的玫瑰，
要有省长和市长来对他顶礼膜拜；
正是为了这一切，才要年老的奶奶，
用因为年迈而已颤抖的灰白手指，
给七八岁的孩子把裹尸的布缝制。

1852年12月2日于泽西岛

（手稿：1852年12月2日）

① 圣克鲁：巴黎郊区拿破仑三世的夏天行宫所在地。

“既然正义者在深渊受难……”[①]

既然正义者在深渊受难，
既然把权杖交给了罪犯，
既然一切权利都不承认，
既然他们在大街和小巷，
把我国的耻辱到处张扬，
既然高尚的人依然沉闷；

啊！共和国由父兄们开创，
伟大的先贤祠[②]充满阳光，
金色的圆顶，自由的蓝天，
既然他们来把梯子架起，
在你墙上贴帝国的标记，
而在庙堂里有英魂长眠；

① 帝国成立，拿破仑三世踌躇满志。雨果在孤岛上闻讯后，为共和国的沉沦感到悲愤。但他清醒地面对现实，决心和自由同命运，共呼吸，甘愿与贫穷为伍，和大海相伴，表现了绝不动摇的意志。

② 先贤祠：巴黎的历史性建筑物，于1791年为纪念为国增光的名人而设。

既然每个人都软弱无力，
既然有人屈服，已经忘记
真理，纯洁，高尚以及美德，
忘记历史有愤怒的眼睛，
忘记荣誉，法律以及英名，
忘记睡在坟墓里的死者；

我爱你，流放！我爱你，辛酸！
忧愁啊，请你做我的王冠！
我爱你，清高的贫苦生活[①]！
我爱我风吹雨打的家门。
我爱丧事，这是石像一尊，
严肃地来到我身边就座。

我爱正在考验我的不幸，
默默无闻中把你们欢迎：
啊，我的心在对你们微笑，
尊严，信仰，品德，都在蒙羞，
你是伟大的流放者，自由，
忠诚，你被放逐，仍然骄傲！

---

① 流亡生活初期，雨果全家在国外的生活相当拮据。雨果在巴黎的私产于1852年6月被迫以低价拍卖。

泽西岛啊，自由的英吉利
在岛上盖满古老的船旗，
我爱在上涨的黑色海潮，
我爱如铁犁流浪的海舟，
我爱海浪这神秘的田沟，
啊！我爱这座孤独的海岛！

我爱海鸥，啊，深沉的大海！
它的翅膀有浅褐的色彩，
将水波拍打成无数珍珠，
又潜入巨大的浪花之间，
又从这些大口跃出水面，
仿佛灵魂从痛苦中跃出。

我爱大海边庄严的岩石①。
如同是悔恨，无休又无止，
我听到无穷无尽的呻吟：
这是波浪在海礁上拍击，
是母亲为孩子死去哭泣，

① 指著名的“流放者岩”，离雨果的居所“海景台”不远。雨果在“流放者岩”上曾摄有照片传世。

黑暗中传来一阵阵声音。

1852年12月于泽西岛

（手稿：1852年12月10日）

致盲从的军队[1]

1

啊，九三年的士兵，史诗多威武雄壮！
抗击各国一下子刀剑出鞘的国王，
　　抗击普鲁士，奥地利，
抗击推罗城之流，抗击索多玛[2]之流，
抗击北方的沙皇，这个杀人的禽兽，
　　身后跟着恶狗满地，

抗击整个的欧洲，及其元帅和将军，
还有步兵，还有骑兵，滚滚犹如乌云，

① 路易–拿破仑·波拿巴政变成功，靠的是刺刀和军队。国防部长圣阿诺政变前宣称“部队里军规是唯一的法令”，要求士兵“盲目服从”。雨果见到法国大革命时代和拿破仑时代引为骄傲的法兰西军队，沦落成野心家篡国的工具，无比愤慨，也无比痛心。诗人洋洋洒洒，反反复复，做今昔对比。雨果在诗中严肃地提出了军队是否必须盲目服从的道德问题。这首长篇颂诗是《惩罚集》的名篇之一，曾印成诗传单。

② 索多玛：古代巴勒斯坦城市，以罪恶和淫乱闻名。

登高一望，满山遍野，
全欧洲杀将过来，像一条九头妖怪，
他们唱着歌前进，心中并没有惊骇，
而脚上并没有皮鞋！

不问东边和西边，不问南方和北方，
他们肩头上总是扛着老式的步枪，
跨山越涧，跋山涉水，
没有口粮，不休息，袖管磨穿，不困乏，
他们都兴高采烈，借铜器权充喇叭，
真像是调皮的魔鬼！

他们的思想深处充满崇高的自由。
他们威武的脚下，舰队不过是沉舟，
国境线被踩得平平，
法兰西啊！每一天都会有某个奇迹，
马尔索[①]在莱茵河，儒贝尔[②]在意大利，
突击，奇袭，战斗，交兵。

士兵们攻打前卫，士兵们击溃主力；

① 马尔索：1769—1796，二十四岁成为共和国将军，可惜英年早逝。
② 儒贝尔：1769—1799，共和国将军，在意大利军功显赫。

不论下雨或下雪，让水盖过了双膝，
　　继续前进！颠扑不破！
有的人城下求和，有的人土崩瓦解，
各国的王座倾倒，如同是风卷残叶，
　　都被刮得七零八落！

战士们！战火纷飞，你们是何等伟大，
啊！眼中放着闪电，啊！脸上披头散发，
　　风雨交加，浊浪滔滔，
他们热情洋溢，神采飞扬，挺胸昂头；
如同有浩浩北风呼啸吹过的时候，
　　雄狮都渴求着风暴，

史诗一般的较量，他们都激动顽强，
充满醉意地品尝一切雄壮的声响：
　　铁剑和钢刀在相交，
《马赛曲》在枪林和弹雨里鼓翼而飞，
战鼓声，炮弹声和铙钹声，声声清脆，
　　克莱贝尔[①]纵声大笑！

---

① 克莱贝尔：1754—1862，共和国将军，喜欢嘲弄敌人。

“义勇军将士们，”大革命向他们呼喊，
“为解放兄弟的各国人民决一死战！”
　　他们高兴地回答：“行。”
“出发，年老的战士，嘴上无毛的将军[1]！”
于是，这些赤脚的大兵去建立功勋，
　　向惊讶的世界挺进！

他们不知道何谓心惊，又何谓胆战。
如果这些天不怕，也地不怕的好汉，
　　在豪迈的行军途中，
回头一看，伟大的共和国在向他们
指指头上的天顶，那他们毫无疑问，
　　会攀登上蓝天碧空！

2

啊！当我们的思想遥念起这些先辈，
看到他们的额头闪光，而刀剑生辉，
　　曾建树非凡的成就。
这是些老兵。可是，当代把他们抹掉！

① 法国大革命时的将军都很年轻，大多不足三十岁。

法兰西，老兵在你历史上过于荣耀。
　　光荣应该属于新手！

对，光荣属于新手！他们是十万精兵，
刺刀出鞘，二十挡一[①]，击鼓穿城巡行，
　　大无畏的英雄气概。
放枪！他们的枪口喷火，榴弹炮轰响，
胜利了！在蒂克托讷街口，他们开枪
　　打死了七岁的男孩[②]！

新手才真是英雄，竟然不害怕妇女！
光荣属于这些豪杰！他们绝无顾虑，
　　对踉跄的行人开枪。
他们成群结队，在巴黎的街上溜达，
他们骑着马，马蹄铁上有人的白发！
　　而且粘着人的脑浆！

他们向法律发起进攻；他们向祖国
发起冲锋；他们骑兵不少，步兵更多，
　　骑兵，步兵，战马，大炮，

① 据史料记载，政变时马尼昂投入近三万的兵力，双方确切的比例是30：1。
② 参阅《四日晚上的回忆》一诗。

钱到手，吃饱喝足，喜洋洋，狠打狠揍，
他们猛攻猛冲，莫巴是他们的旗手，
　　弗约是他们的军号。

我们一无所有地靠赤手空拳打仗，
人民既没有子弹，人民也没有步枪，
　　勇士们！这才是考验！
除了几个仁人志士，法律孤军奋斗。
你们给大炮塞满炮弹，却躲在炮后，
　　勇敢地冒生命危险！

啊，十二月的士兵！啊，打埋伏的士兵，
捕捉你们的国家！巴黎城胆战心惊，
　　你们横冲直撞可耻！
你们的父辈曾经像灯塔大放光芒；
他们高唱着军歌，英勇地面对死亡，
　　死神感到惊讶不止；

你们的父辈打败狂妄自大的军队，
普鲁士兵有金发，俄国兵暴跳如雷，
　　卡塔卢尼亚兵黑皮；
你们，你们把大小商人和商贩枪杀！

你们父辈是巨人，攻占了萨拉戈萨[①]；
　　你们拿下托尔蒂尼[②]！

历史，你做何感想？老兵们奔赴战场，
冲向喷吐火舌的大炮炮口去打仗；
　　这些新兵有恃无恐，
脚下踩过淌血的老人，垂死的妇女，
有权犯罪。两者都不后退，都不畏惧，
　　但彼此的方式不同。

3

夜幕降下的时候，巴黎城还在睡眠，
　　这个家伙慌慌张张，
招来几位法兰西将军，肩章的上面，
　　有三颗金星[③]在闪光；

他说道："你们听着，我只对你们眼睛，
　　"才收起播撒的黑暗；

① 萨拉戈萨：西班牙城市，经半年围困后于1809年被拿破仑军队攻占。
② 托尔蒂尼：巴黎意大利人大街上的时髦咖啡馆。
③ 三颗金星：指法国少将级军衔。

“你们以为波拿巴是我的真名实姓，
　　“其实我叫诡计多端。

“明天有断肠伤心，明天可真是伟大，
　　“明天还有哀悼悲叹。
“你们要蹑手蹑脚，躲在城墙的脚下，
　　“要轻得和小偷一般；

“你们带上我这把已经用旧的铁钳，
　　“铁钳藏在我的口袋，
“你们用钳子轻轻一撬，从门缝下面，
　　“把法律的大门撬开；

“然后嘛，乌拉！刺刀出鞘，由警察带头！
　　“对什么都格杀勿论，
“对你们非洲长官[①]以及老实人下手，
　　“谁站着，谁就是敌人，

“拿下议员，也拿下议员代表的百姓，
　　“巴黎倒下，动手劫掠！

① 非洲长官：指征服过阿尔及利亚的将军。

“钱嘛，我不会少给！”将军一个个答应；
而维多克[①]也会拒绝。

4

现在，大营帐里慷慨大方！
干杯吧，兄弟们！是何缘故
不敢大笑，不敢痛饮举觞？
兵营里过节！营地上庆祝！
一坛坛美酒把胡须染红，
金条把他们的袋子撑满；
他们对加马什[②]完全服从，
他们的宿营地方是乐园。

行动归来，摆出山珍海味。
大家入席。昨天，杀人用剑。
拿破仑啊，你的剑可以被
高康大[③]用作烤肉的铁扦。

① 维多克：1775—1857，卖身投靠的奸细和密探，其《回忆录》曾启发巴尔扎克创造伏脱冷的人物形象。

② 加马什：塞万提斯小说《堂吉诃德》里的人物，他的婚宴十分盛大。

③ 高康大：拉伯雷同名小说中的巨人，食量和酒量十分惊人。

谋杀对于他们就是胜利；
他们的醉眼已昏昏沉沉，
把羞耻错看成丰功伟绩，
而把法国人错看成敌人。

他们昨夜夺走你的性命。
法兰西，到明天，东方发白，
他们一只手里握着酒瓶，
另一只手提着你的脑袋。

他们跳起圆舞，滚滚浊流，
如无赖汉在山沟里一样；
西布尔为他们斟上美酒，
特罗龙给他们找来姑娘。

他们的盛宴无止也无休，
四周有乐队为宴会助兴……——
我们对你们曾别有所求，
啊，我们十分不幸的士兵！

本希望你们有北风呼啸，
黑色枞树脚下，大雪深深，

夜里无火，白天没有面包，
冲开的缺口上炮弹翻滚。

本希望你们能露宿风餐，
本希望又饿，又冷，又神奇，
旧军大衣破得不能再穿，
却取得以一当十的胜利！

我们本希望，盲从的士兵，
为你们，也为你们的将军，
本来有英雄伟大的坟茔，
本来有勇士神圣的厄运！

因为，欧洲在铁蹄下呻吟，
因为，人人心里无法忍耐，
因为，上帝就要发出声音：
铁链，掉下来！人民，站起来！

历史在展示崭新的篇章；
沉思者又镇定，又很愤慨，
他在不祥的地平线方向，
听到铁马铜车滚滚而来。

深沉的声音震撼着大地；
钢刀在剑鞘里无比激动；
战争啊，这阵风吹动不息，
出自你黑色战马的鼻孔！

我们沉思着把你们推向
上帝所指引的幸福目标，
你们是各个民族的闯将，
你们是人类大群的先导！

我们本希望，百战能百胜，
你们是与人为善的武夫，
打最后一场伟大的战争，
打倒各国暴君，彻底，全部！

我们借你们正义的士兵，
密集的队伍，骄傲的鼓声，
把这场崇高的战争打赢，
崇高的和平会从此诞生！

在我们憧憬未来的梦里，
勇士们啊，我们曾经看到：

你们在惊雷中欢天喜地，
流着血在月桂树中[①]奔跑，

这喜气洋洋的劲旅雄狮，
前面尘土飞扬，硝烟弥漫，
先在黑色的旋风里消失，
又猛然间在光明里出现，

又看到：这支神圣的军队，
受到了各国人民的祝福，
仰望着未来的灿烂光辉，
穿过蔚蓝色高大的门户！

5

算了吧，时日可悲，法国士兵会看到：
布吕内[②]，德塞[③]之后，这些人望重德高，
　　我们都对他们敬礼，

① 西谷月桂象征胜利。

② 布吕内：1763—1815，拿破仑时代的元帅。

③ 德塞：1768—1800，大革命时代的将军，归顺拿破仑后，成为埃及战役中的英雄。

在蒂雷纳[①]、桑特拉伊[②]和拉伊尔[③]之后，
“鸡贩子”[④]授予他们军旗，对他们开口：
　　我对你们感到满意！[⑤]

啊，昔日的旗帜在历史上无比美丽，
我国历代的勇士，为国争光的军旗，
　　曾使逃兵感到害怕，
旗已破，有孔，有洞，无畏，无私心杂念，
是谁把鲜血融进你们的破布碎片？
　　是奥什[⑥]，还有巴亚尔[⑦]，

古老的军旗！跃出深渊！请走出坟场！
成群结队，破布条便是你们的翅膀，
　　军旗有耀眼的光彩！
如同大群凶狠的蜜蜂，在空中飞舞，

---

① 蒂雷纳：1611—1675，路易十四的元帅。

② 桑特拉伊：法国15世纪的贵族，圣女贞德的战友，屡建战功。

③ 拉伊尔：1390—1433？，贞德和桑特拉伊的战友。

④ “鸡贩子”：原是18世纪一个以劫掠农庄为生的强盗的绰号。拿破仑三世好色，也获此“雅”号。

⑤ 拿破仑取得奥斯特利茨战役胜利的第二天，曾说过：“士兵们，我对你们感到满意！”雨果借用于此，意在讽刺。

⑥ 奥什：1768—1797，法国大革命时代传奇式的军事指挥官。

⑦ 巴亚尔：1473？—1524，弗朗索瓦一世时代的名将，有“无畏、无私心杂念”的美誉。

出来，过来，飞来，朝眼前的奇耻大辱，
带着隆隆声快飞来！

把我们的士兵从这些黑旗下解放！
你们曾攻占城市，你们曾驱赶国王，
人人都对你们服膺，
你们曾横渡江河，曾翻越深山老林，
有人在旗下牺牲，有人在旗下畅饮，
快驱逐这一批新鹰！

但愿我们可怜的士兵有不同风格！
给他们看看法兰西的旗究竟如何，
展现出神圣的旗缝，
莱茵、默兹①和桑布尔河②上抖擞精神，
军旗啊，在十二月二日面前，请重振
奥斯特里茨的雄风！

6

俱往矣！都成尘土，唉！空虚，黑夜茫茫！

---

① 默滋：指默滋河，法国北方河流。
② 桑布尔河：默兹河支流。

在我国荣誉土崩瓦解的深渊之上，
　　该死的恶名，请闪耀！
莫巴，莫尼，马尼昂，圣阿诺和波拿巴！
让我们低头！戈摩尔战胜了斯巴达[①]！
　　这五个人，五个强盗！

每一个国家都会被别人先后征服；
诺曼底人对自古享有特权的国土，
　　对英吉利入侵胜利，[②]
伊斯兰的穆罕默德征服了拜占庭，[③]
阿拉里克[④]征服罗马，而苦役犯五名，
　　竟然征服了法兰西。

好！统治吧，让恶心败坏人们的思想，
让爱丽舍宫跳舞，巴黎圣母院焚香，
　　蒙马特尔白骨成山。
把被你们认为是群氓的人民捆绑，
捆绑巴黎，你们的大炮刚刚在鸣放，

① 斯巴达：古希腊崇尚道德的城市典范。
② 诺曼底人于1066年跨海征服英国。
③ 1453年，拜占庭首府君士坦丁堡被穆罕默德二世占领。
④ 阿拉里克：370？—410，西哥特人国王，于410年洗劫罗马。

　　把法兰西绑上炮闩！

7

经历了这场战斗，经历了这番阴谋，
此人抓一把奖牌扔在你们的胸头，
　　还有绶带，还有勋章，
士兵们啊，非洲曾晒黑你们的脸颊，
难道你们就没有看见这可是泥巴，
　　把你们玷污和弄脏？

啊！当我想起你们，泪水湿润我眼睛！
我在为你们哀伤，我为你们的黎明
　　和黎明的希望哀伤。
士兵们！我在哭泣！因为光荣已冰消；
因为你们中间有不少人正在思考，
　　在战栗，并且在沮丧！

士兵们，我们曾爱你们最初的辉煌；
你们是共和国的孩子，茅屋的儿郎，
　　享受到荣誉的爱抚，
唉！共和国和茅屋做错了什么事情，

你们肯为血泊中打滚的强盗效命，
　　背叛共和国和茅屋？

上当受骗的部队，你们跟着谁奔跑？
你们为此人竟然糟蹋手中的钢刀，
　　这个赤裸裸的骗子，
这卑劣的冒险家，你们做他的帮手，
他在历史上将会名叫“拿破仑小丑”，
　　或者叫“催命弹大帝”。

军队啊！所以，你的尖刀从背后刺来，
杀死誓言和责任，权利在九霄云外，
　　杀死清白，杀死忠厚，
杀死革命，革命在本世纪波澜壮阔，
杀死进步，未来，杀死神圣的共和国，
　　还杀死神圣的自由，

以便他能够奴役被你伤害的国家，
以便他在这些伟大的尸体上坐下，
　　这个侏儒威风凛凛，
他带头狂欢滥饮，却还要得意扬扬，
嗜血杀人后醒来，他喉咙难受异常，

发出血腥味的恶心！

8

上帝啊，既然这支军队的表现如此，
既然军队如大门，已经被关上堵死，
　　对于荣誉置若罔闻，
既然所有的士兵无可救药地畏惧，
既然他们让法兰西，主啊，你的火炬，
　　倒在血泊之中打滚！

既然伤悼的良心没有安全的庇护；
既然高高端坐在主教座上的神父，
　　戴鼬皮饰带的法官，
都只爱唯一实惠、仅此合法的成功，
他们说道：宁可要犯罪而官运亨通，
　　也不要因美德失算；

既然人们的灵魂和有的姑娘一样；
既然他们曾摧毁巴士底狱的牢墙，
　　或已堕落，或成故人；
既然人人的心中都那么卑鄙下流，

只知道谗言诽谤，使嘴巴变成阴沟，
　　污水泛滥，臭不可闻；

既然恺撒正上台，荣誉就轻如毫毛，
既然，可耻啊，如今在巴黎，只能听到
　　有妇女在泣不成声；
既然任重道远时，人们再没有勇气，
既然巴黎的旧郊[①]懦夫般没有出息，
　　假装已经入睡做梦；

上帝啊，我的上帝！请借我你的威力！
我平民百姓走进这科西嘉人[②]家里，
　　来到这个畜生面前；
挥舞我阴森森的圣火燃烧的诗稿，
走进他家里，主啊，我心中怀着公道，
　　而我的手里握着皮鞭，

我翻卷我的衣袖，仿佛驯兽师来到，
恶狠狠独自一人，神圣的怒火中烧，
　　挥动着死者的尸衣，

① 巴黎的旧郊：法国许多革命起义是从巴黎城东的圣安东市郊发端的。
② 科西嘉人：特指拿破仑家族，他们是科西嘉岛人。

像个人见人怕的冤家，一心想复仇，
要一脚踢倒魔窟，要一脚踩死野兽，
　　踢倒帝国，踩死皇帝！

1853年1月泽西岛

（手稿：1853年1月7—13日）

“人活着就要斗争；所以，活着的人们……”[1]

人活着就要斗争；所以，活着的人们
在脸上抖擞精神，在心里充满热忱，
他们要攀登高尚命运的险峰峻峭，
他们沉思着前进，胸怀崇高的目标，
不论黑夜或白天，他们的眼里只见
某种伟大的爱情，某个神圣的考验。
这是匍匐在约柜[2]前面的神圣先知，
他们的心地善良，他们的生活充实；
这是劳动者，工匠，又是族长和牧人，
他们才活着，主啊！其他人叫我怜悯。
因为，其他人空虚，所以才烦恼很多，
最沉重的负担是存在而没有生活。
他们都无所用心，晃晃悠悠地活命，

① 这首诗是《惩罚集》的名篇之一。1848年是法国，也是雨果自己多事之秋的一年。诗人表达了对不讲原则，只牟私利者的谴责，也表明了自己决不同流合污的决心。坚持信仰，勇于斗争，是雨果一贯的信条。

② 约柜：传为古代犹太人存放和上帝所立之约的柜子。

因为从来不思考，活得就无聊透顶。
他们叫芸芸众生，他们叫乌合之众，
他们也赞成，反对，来往，又咕咕哝哝，
鼓掌，顿足，打呵欠，又说好，又说不好；
从来也没有名字，从来也没有容貌，
这群人来来去去，也评判，宽恕，开会，
破坏，支持马拉①或提比略都无所谓，
快活人身穿锦袍，可怜虫袖口翻卷，
乱哄哄地被推着走向未知的深渊。
这些人类的底层，过眼就化成云烟，
冷漠的过客，没有年龄，知己和主见；
他们不被人认识，也从不被人信任，
他们浪费别人的口舌、脚步和精神。
他们的周围一片漆黑，又隐晦莫测；
烈日当空时，他们只有遥远的暮色，
因为，他们随便地乱喊、乱哼和乱叫，
他们徘徊漂泊在黑夜阴森的周围。

什么！什么都不爱！没精打采地行走，
不追求梦想于前，不悼念死者于后，

① 马拉：1743—1794，法国大革命时的革命家，《人民之友报》主编。

什么！既向前面走，又不知走向何方！
嘲笑朱庇特[1]，却对耶和华[2]没有信仰，
毫无敬意地看待星星、鲜花和女人！
一心只想着肉体，从来不寻找灵魂！
为了徒然的结果，做出徒劳的努力！
对上天一无所求，把死者完全忘记！

不行啊，我可不是这种人！他们即使
躲进肮脏的黑窝，或有财有权有势，
我避开他们，怕走他们可憎的小道；
可悲的行尸走肉，卑劣的鸡鸣狗盗，
小爬虫啊，我宁愿做棵林中的小树，
也不要吵吵嚷嚷跟着你们去充数！

1848年12月于巴黎

（手稿：1848年12月31日子夜）

① 朱庇特：罗马神话中的天神，相当于希腊神话里的宙斯。
② 耶和华：《圣经》里上帝的名字。

皇　　袍[1]

啊！欢乐就是你们的劳动，
天上的呼吸是气幽香浓，
这就是你们的掠夺对象。
十二月[2]一到，你们就逃避，
你们给人间酿成的蜂蜜，
来自从百花偷来的花香。

童贞女[3]把露水[4]制成佳酿。
你们就如同那一位新娘，
去看山坡上的百合盛开，
啊！你们金红花冠的伴侣，

① 本诗是集中的杰作之一。拿破仑的皇袍以红色天鹅绒制成，袍上用金线绣成蜜蜂，象征帝国繁忙的工作。拿破仑三世沿用旧制。此诗以对蜜蜂的歌颂开始，继而号召蜜蜂飞出皇袍，以对穿皇袍的暴君狠狠刺咬告终。手法新奇，效果出人意料。

② 十二月：一语双关，既指冬天，又指发动政变的月份。

③ 童贞女：采蜜的工蜂为雌性，但不承担生育职能。

④ 露水：欧洲古代相信蜜蜂采天上的露水而成蜜。

蜜蜂，你们是光明的闺女，
请从这件皇袍上飞下来！

女战士们，向他发动冲锋！
啊！你们都是高贵的工蜂，
你们是责任，你们是美德，
金色的翅膀，发火的飞箭，
纷纷飞到无耻者的面前！
对他说："你看我们是什么？

"我们是蜜蜂，你这个畜生！
山间木屋有葡萄的凉棚，
屋顶下住着我们的蜂群。
我们在蓝天下出生，飞到
玫瑰花绽开的朵朵花苞，
也曾飞临柏拉图的嘴唇。①

"谁从泥中来，复回泥中去。
去黑窝里和提比略相聚，

① 相传柏拉图童年时一天入睡，有蜜蜂飞来，将蜂蜜置于他的嘴唇上，喻其言辞有迷人的魅力。

阳台上把查理九世找寻。[①]
去吧！你那紫金色的皇袍，
不要伊梅特的蜜蜂，只要
隼山[②]上黑色的乌鸦一群！”

大家都来刺他[③]你咬我追，
让发抖的人民感到羞愧，
把卑鄙骗子的眼睛戳瞎，
要狠狠地对他猛刺猛扑，
让成群的蜜蜂把他驱逐，
既然做人的都对他害怕！

1853年6月于泽西岛

（手稿：1853年6月）

---

① 传说查理九世于1572年8月23日夜，曾站在卢浮宫阳台上，观看他亲自指挥的对新教徒的大屠杀，史称“圣巴托罗缪节屠杀”。

② 伊梅特：希腊雅典附近的山名，古代以产蜜著称。

③ 隼山：中世纪巴黎郊区的行刑地，绞架林立。

致 人 民[1]

大海和你一样；大海可怕，大海和平。
大海又无边无际，于动荡中见宁静；
大海有波澜起伏，大海有浩瀚恢宏。
为一线阳光平静，为一声微风激动，
有时是和谐协调，有时是大叫大嚷。
青蓝色的海底里，海兽都心情舒畅；
海上有风暴生成，海里有无底深渊，
谁胆敢来此冒险，谁就会命丧九泉；
茫茫大海上，巨人站立不稳会头晕；
大海把船只倾覆，如同你倾覆暴君；
大海之上有号灯，如你头上有思想；
上帝才知道大海为何盛怒或慈祥；
听到有海涛激荡，如铁甲碰撞，终于，
漆黑的夜晚充满可怕的窃窃私语，

① 水能载舟，也能覆舟。雨果深信这个道理。诗人一比到底，大海的每一个特性都可以有所指。大海有涨潮，而人民没有起来。在诗人笔下，大海不仅是一个比喻，是一个象征，大海对沉睡的人民，还是一个沉痛的责备。

我们感到，这滚滚大海犹如你人海，
今晚已经在咆哮，明天把大口张开。
浪尖很锋利，正和锋利的刀剑相同；
晨星升起，大海唱其大无比的赞颂；
大海浩浩的四周是蔚蓝色的宇宙，
在自己镜中收下满天的大小星斗，
大海有威力无穷，大海有风光妖娆；
大海把巉岩拔起，却留下一茎小草；
大海也和你一样，把浪花抛撒高山，
人民啊；只是我们站立在神圣海滩，
我们在凝目沉思，等待海潮的到来，
大海从来不骗人，从不骗人是大海。

1853年7月于大海之滨

（手稿：1853年2月23日）

晨　　星[1]

夜里，我在沙滩上入睡，一旁是大海。
一阵风把我吹醒，我就从梦中醒来，
我张开我的眼睛，看到启明的晨星。
这颗晨星闪耀在又远又高的天顶，
洒下柔和的白光，无穷无尽又可爱。
北风已经挟带着风暴偷偷地走开。
明亮的星把乌云化成了鹅毛轻轻。
这一点光明正在沉思，它也有生命；
这颗星使波涛在海礁上不再翻滚；
我们仿佛能透过珍珠[2]看到有灵魂。
天色尚黑，黑暗的统治已好景不长，
上帝的嫣然一笑，使天空豁然开朗。
歪斜的桅顶染上银色的晨光熹微；

① 《晨星》也许是《惩罚集》中最受人称道的作品。全诗不着一字影射时事，只从身边景物写起，而以宇宙万物的象征结束。诗人对自由的渴望，对光明的追求，其境界和风格与集中其他的讽刺诗大异其趣。

② 珍珠：指色泽白而淡的晨星。

船帆已经在发白，船身还仍然很黑；
几只海鸥站立在悬崖峭壁的绝顶，
聚精会神，严肃地注视着这颗星星，
如对闪光幻成的这只天鸟在凝望；
像是人民的大海对星星多么向往，
大海在轻轻呼啸，看着星星在照耀，
似乎是非常害怕把星星吓得飞掉。
无法言传的爱情充满了茫茫海空。
青草丛如痴如醉，在我的脚下乱动。
鸟儿们待在窝里交谈；有一朵花蕾
醒了过来，对我说："这颗星是我姐妹。"
正当黑夜把皱褶长长的帷幕揭开，
我听到一个声音从星星传了下来，
星星在说："我这颗星星只是个先驱。
我出来了，有人说我已在墓中死去。
我在西奈山①照耀，在泰格特山②升起，
我是金光闪闪的小石子，我被上帝
仿佛用弹弓击中深夜黑暗的额头③。
一个世界毁灭时，我又会重返地球。

① 西奈山：上帝启示希伯来人的先知和立法者摩西的地方。
② 泰格特山：希腊南部山脉名，相传是阿波罗和众位诗神喜爱的居住地。
③ 这个形象取自《圣经》中以色列王大卫和独眼巨人斗争的故事。

我是热血沸腾的诗歌啊！各国人民！
我曾照亮过摩西，我曾照亮过但丁。
大海是一头雄狮，它对我爱慕不已。
我来了。站起来吧，美德、信仰和勇气！
思想家，仁人志士，请登上塔楼，哨兵！
快快点亮吧，眼珠！快快张开吧，眼睛！
生命，把声音唤醒；大地，叫田沟掀动；
你们在沉睡，起来；——因为，我有人陪同，
因为，第一个派我出来的人，他其实
是光明这位巨人，是自由这位天使！

1853年7月于泽西岛

（手稿：1852年12月）

“吹响吧，要不断地吹响，思想的号角……”①

吹响吧，要不断地吹响，思想的号角！

当沉思的约书亚②头颅向天空高翘，
这被激怒的先知领着他的人进发，
围绕着这座城市③，吹响起他的喇叭，
绕第一遍的时候，国王展开了笑颜，
绕第二遍时，笑个不停，并向他传言：
“你以为放放空气能把我城市吹倒？”
绕第三遍的时候，约柜在前为先导，
接着是全体号手，接着是军队经过，
孩子们纷纷跑来，向约柜大吐口沫，
学着号角的声音吹起孩子的喇叭；
绕第四遍的时候，妇女们上来谩骂，

① 雨果借用人们熟悉的《圣经》传说，赋予其强烈的象征意义，号召为正义事业吹响“思想的号角”。雨果在诗中对思想力量和意志力量的强调，使本诗成为《惩罚集》中的名诗之一。

② 约书亚：《圣经·旧约》中的人物，是先知摩西的继承人。

③ 这座城市：指杰里科，一译耶利哥。

就在锈蚀得已经发黑的雉堞中间，
她们在墙上坐下，一边拿纺锤纺线，
并且对希伯来人扔石块加以嘲弄；
绕第五遍的时候，瞎子和跛子一同
走上昏暗的城墙，他们大声地嘘叫，
对阴天下吹响的黑喇叭大肆嘲笑；
绕第六遍的时候，那花岗岩的塔楼，
塔楼高又高，雄鹰在楼顶筑巢停留，
坚固得即使闪电也无法把它劈开，
国王放声地大笑，回到他高塔上来：
“这一些希伯来人音乐可奏得真好！”
全体元老也围着高兴的国王大笑，
晚上还坐在庙里，还在讨论和谈话。

绕第七遍的时候，城墙轰轰然倒塌。

1853年9月于泽西岛

（手稿：1853年3月19日）

最后的话[1]

人类的良心已经死亡；他扬扬得意，
骑在上面，这死尸真使他大喜过望；
红红的眼睛，高高兴兴，他好不神气，
不时地回转身来，给死者一记耳光。

法官已成了妓女，挣钱要出卖自己。
神父们使正派人都吓得脸色发白，
他们把钱包埋进制陶工人的田里[2]，
犹大出卖的上帝又被西布尔出卖。

他们说道："上帝在恺撒统治的时候，

---

① 1852年12月，第二帝国对流亡者实行部分大赦，条件是写悔过书，保证不反对帝制。七百零二名流亡者思乡心切，返回法国。雨果作为回答，写下这首气壮山河的《最后的话》。1859年8月8日，雨果对新的大赦的回答是："自由回国之日，就是我回国之时。"雨果在孤岛上度过了冷冷清清的十九年流亡生活之后，于1870年9月5日，即第二帝国覆灭的第三天，第三共和国成立的第二天，返回祖国。

② 《新约·马太福音》载：犹大出卖耶稣后感到后悔，把存放叛卖所得金币的钱包扔在寺庙里。神父们即用金币买下了"制陶工人的田"充作墓田。

便选中了他。人民，你们也应该服从。”
当他们握着双手一边唱，一边行走，
大家看见有金币藏在他们的手中。

只要看到这无赖，啊！坐在宝座之上，
这土匪式的君主受到教皇的祝福，
亲王一手拿铁钳，一手又拿着节杖，
撒旦造的芒德兰披查理曼[①]的衣服；

只要他躺在地上耍赖，贪婪的嘴中
吞噬了宗教信仰，吞噬美德和宣誓，
醉鬼吐出的耻辱玷污我们的光荣；
只要在天底之下看到有这些丑事；

即使卑鄙无耻的风气会有增无减，
竟对罪大恶极的骗子手顶礼膜拜，
即使英国和美国都不敢仗义执言，
也会对流亡者说：“滚！我们怕得厉害！”

即使我们真会像飘零的落叶一般，

① 查理曼：742左右—814，先是法兰克国王，后是西罗马帝国皇帝。

有人为讨好恺撒，对我们翻脸不认；
即使流亡者只好挨家挨户地避难，
有人像钉子扎破衣服般中伤他们；

即使连上帝向人发出抗议的沙漠，
赶走被赶走的人，放逐被放逐的人；
即使坟墓和别人一样无耻和懦弱，
竟然也会把死者扔出坟墓的大门；

我也决不会屈服，我的心里有丧事，
但我嘴里无怨言，对畜群心平气傲，
祖国啊，我的祭台！自由啊，我的旗帜！
在无情的流亡中，我要把你们拥抱！

我高贵的伙伴们，我对你们很崇敬；
流亡者，共和国是我们团结的基础。
凡是别人凌辱的，我就会视作荣幸；
凡是别人祝福的，我就要加以羞辱！

我将要穿起丧服，我将要披上麻衣，
我是嘴，要说："倒霉！"是声音，要喊："打倒！"
你的仆人们指给你看卢浮宫府邸，

而我指给你看的，是你恺撒的监牢。

面对低垂的脑袋，面对背信和弃义，
我叉起双手，义愤填膺，将头脑清醒。
忠于倒下的事物，要忠得死心塌地，
这才是我的力量，欢乐，使我更坚定！

对，只要他在，不论有人坚持或让步，
法兰西啊！我爱你，永远要为你哭泣！
你纵有我爱情的金屋，先辈的坟墓，
我永不返回你那可爱忧伤的土地！

我永远不会返回你吸引人的海边①，
法兰西！我会忘记一切，但责任为大，
我将把我的营帐扎在不幸者中间，
我始终是流亡者，但永远不会倒下。

我接受流亡生涯，即使它没有尽头；
我根本不想知道，我也不想去思量，
是否有人本指望留下，却已经远走，

① 泽西岛与法国本土隔海相望，相距不足三十公里。

是否某人本以为坚定，却已经投降。

如果还有一千人，那好，就有我一份！
即使还有一百人，我要和暴君拼命！
如果剩下十个人，我就是第十个人！
如果仅有一个人，我就是最后一名！

1852年12月2日于泽西岛

（手稿：1852年12月14日）

静观集（选）

程曾厚　译

两个女儿[1]

黄昏已若明若暗，夜色迷人而四合，
一个女儿像天鹅，一个女儿像白鸽，
两个人一般高兴，长得都温柔娇美！
你们瞧，大的姐姐和旁边小的妹妹[2]，
坐在花园门槛上。就在她们的头上，
有一束白石竹花，细茎儿又嫩又长，
在大理石的盆里被一阵风儿一吹，
俯下身来愣住了，望着这一对姐妹，
暮色苍茫之中在花盆边轻轻抖动，
仿佛有一群蝴蝶着了迷，停在空中。

1842年6月于昂甘附近的露台城堡[3]

（手稿：1842年6月18日）

① 在父亲眼里，两个女儿都很美，这本是人之常情。但两个女儿能吸引以淡雅著称的白石竹花的视线，并看得入迷，这就是雨果的生“花”妙笔了。据研究，此诗应作于1855年。

② 1842年时，大女儿莱奥波特蒂娜十八岁，小女儿阿黛尔十二岁。

③ 1840年夏天，雨果偕全家曾来此地度假。

丽　　莎[1]

我当年十二；她是长大的姑娘。
她已经十六，而我还是个小孩。
想和她晚上能谈得心情舒畅，
我，我就坐等她母亲走出门来；
然后，我过去坐在她凳子近旁，
想晚上和她能谈得心情舒畅。

多少个春天已随着春花凋落！
多少火已灭，而多少坟已闭合！
是否还记得，从前有玫瑰几朵？
是否还记得，从前有心儿几颗？
她当时爱我。我也爱她。好一双
金童玉女，两朵花香，两缕阳光。

---

① 本诗注明的写作日期和手稿相同。1811年，雨果九岁，和母亲及两个哥哥经巴约纳去西班牙马德里，和父亲雨果将军团聚。雨果在巴约纳认识房东女儿罗丝（Rose，意为“玫瑰”），十四岁，相伴经月，终生不忘。雨果事后说，这是“难以言传的第一次闪光，这爱情的神圣的黎明”。（1843年5月，雨果偕情人朱丽叶·德鲁埃又去南方旅行，三十年前的往事袭上心头，历历在目。）

上帝让她是公主，仙女和天使。
由于，她年龄要比我大出许多，
我向她不断提出种种的问题，
“为什么？”为了能和她有话可说。
她陷入深思，看到我两眼发呆，
她有点胆小，有时把眼光避开。

于是，我炫耀我孩子气的学问，
我夸耀玩具，皮球，飞转的陀螺；
我十分得意，因为学过拉丁文；
我给她打开维吉尔写的著作；
我天地不怕；我事事出言不逊；
我还对她说：我爸爸是个将军。

即使是女人，有时也会要读点
拉丁文，也要边想边拼读；
我在教堂里给她译经文诗篇，
我常常靠近她手里拿的经书。
我们星期天在做晚祷的晚上，
天使向我们张开洁白的翅膀。

她每次说起我时：他这个孩子！

而我的叫法，我叫她丽莎小姐。
我常常为她要翻译一首圣诗，
我凑近她的经书，尽量近一些；
你们也看见，上帝！终于有一回，
她的红脸蛋碰到我发烫的嘴。

初恋啊，遽然而来，迸发的热情，
请迷惑孩子吧！使他心醉神摇！
你是心儿的清晨，心儿的黎明。
而当傍晚和痛苦双双地来到，
请再迷惑我们曾入迷的心灵。
初恋啊，遽然而去，已无踪无影。

1843年5月

（手稿：1843年5月）

“她已经脱掉了鞋，她又解开了头发……”①

她已经脱掉了鞋，她又解开了头发，
我正打那儿经过，以为看到了仙女，
坐在灯芯草中间，光着脚没有穿袜，
我就对她说：你可愿意到田野里去？

她朝我看了一眼，目光里一往情深，
我们赢得爱情时，美人才如此倾心，
我又说；你可愿意，在这相爱的月份，
你可愿意我们俩走进深深的树林？

她在水边的草里擦了擦她的双脚；
她又一次地朝我抬了抬她的眼睛，
顽皮的美人这下变得沉思和动摇。
小鸟在林中深处，啊！叫得多么动听！

① 这首乡村牧歌式的情诗写得轻松自然。《静观集》插进早年无忧无虑的回忆，借以反衬中年痛失爱女的悲痛心情。手稿上的创作日期表明，就是创作《惩罚集》的愤慨心情，偶尔也会被小岛上的春天所冲淡。

河水是多么温柔，河水把岸边轻拍！
我看到美丽姑娘矜持、快活又胆小，
在高大而青青的芦苇里朝我走来，
头发飘在眼睛上，挡不住眉开眼笑。

183……年6月于蒙-拉……[①]

（手稿：1853年4月16日于泽西岛）

① 指“蒙福尔拉莫里”，雨果于1825年来此地探访朋友。

童　　年[①]

孩子在唱歌，母亲卧床，已衰竭病危，
在病人的头顶上，死神在云中游荡；
她奄奄一息，美丽的额头黯然低垂；
我在听母亲喘气，我听见孩子歌唱。

这个孩子才五岁，待在窗子的旁近，
发出动听的声响，笑着游戏不知愁；
这可怜又可爱的生命挨着他母亲，
孩子整天在唱歌，母亲整夜在咳嗽。

母亲将去教堂的石板下长眠安卧；
可是，这个小家伙又开始放声歌唱……——
痛苦是一枚果子；上帝不会让苦果

① 雨果在泽西岛有一位女邻居，叫日内斯塔夫人，于1855年1月20日因肺病逝世，留下一个男孩儿。此诗于这位母亲死后第三天写出。《童年》中反映出的生和死的主题，是《静观集》的基本主题之一。

结在太柔嫩、承担不起的树枝之上。

1835年1月于巴黎

（手稿：1855年1月22日）

“如果我的诗句有翅膀……”①

如果我的诗句有翅膀，
而诗句的翅膀像杜鹃，
我温柔而娇嫩的诗行，
会飞向你美丽的花园。

如果我的诗句有翅膀，
而诗句的翅膀像思想，
我的诗是点点的火光，
来把你家的炉灶点亮。

如果我的诗句有翅膀，
而诗句的翅膀像爱情，
我的诗会奔向你身旁，

① 《心花盛开》里的情诗出版时多不注明写作年代。雨果在40年代写过好几首三节的抒情小诗，此其一。小诗写得轻松，其实在文字上很有推敲。

忠实而纯洁，日夜不停。

18……年3月于巴黎

（手稿：1841年3月22日）

“来！——看不见的小笛……”①

来！——看不见的小笛
在果园笛声悠扬。——
是什么歌最静谧？
请听牧童的歌唱。

橡树下轻风吹来，
水镜皱起了细浪。——
是什么歌最欢快？
请听鸟儿的歌唱。

祝你无忧无烦恼。
要相爱！地久天长！——
是什么歌最美好？

① 这是《静观集》中著名的爱情诗，也是最成功的三节小诗之一。雨果故意更改写作的地点，是为了纪念十一二年前和情人朱丽叶一起度过的幸福时光，也为了让读者和朱丽叶共同回忆起另一首著名的爱情诗，即《光影集》中浪漫主义的绝唱之一《奥林匹欧的悲哀》。

请听爱情的歌唱。

18……8月于莱梅村[1]

（手稿：1846年9月8日）

① 1834年和1835年夏秋，雨果全家住友人贝尔坦的“石居城堡”，而将情人朱丽叶安置在附近莱梅村的农舍里，每天去看她。两情相笃，终生不忘。

写在耶稣受难像之下①

你在啼哭，来找上帝，因为他在啼哭。
你有痛苦，来找上帝，因为他会治疗。
你在颤抖，来找上帝，因为他在微笑。
你是过客，来找上帝，因为上帝永驻。

1842年3月

（手稿：1847年3月4日至5日的夜间）

① 这首小诗被法国作家莫洛亚的《雨果传》认为写得“简洁有力”。诗中的思想，包括某些用词，明显受到《新约》中《马太福音》和《路加福音》的启发。

“啊！在最初的时候，我几乎疯了一样……”①

啊！在最初的时候，我几乎疯了一样。
我哭了三天三夜②，唉！哭得好不心伤。
你们可爱的希望也曾经，各位父母，
被上帝夺走，内心也尝过我的痛苦，
那我的种种辛酸，你们可有过体会？
我真想在石头上把我的脑袋撞碎；
于是，我反抗，有时，露出狰狞的面目，
我死死地注视着这件丑恶的事物，
我实在无法相信，我大声疾呼：不行！
难道是上帝允许这些混账的不幸，
竟让绝望的情绪在心中占了上风？——
我仿佛觉得一切都只是一场噩梦，

① 这首诗反映雨果得知女儿不幸夭折后最初呼天抢地的绝望心情。诗人在理智上无法接受这一悲惨的事实。女儿的音容笑貌历历在目，最后竟至出现“幻听”的现象。9月4日是莱奥波特蒂娜的忌辰。本诗和第四部最后一首《夏尔·瓦克里》都有意注明作于1852年9月4日。这是雨果一家流亡到泽西岛后第一次纪念爱女的忌辰。

② 雨果9月9日在旅途中闻知噩耗，12日返回巴黎，其间共三天时间。

仿佛女儿不可能这样离开我父亲，
我听到她在隔壁房间里笑语频频，
总而言之，她似乎不可能离开我们，
我马上会看到她进来，打开这扇门！
“安静些！她在说话！”我多次说得伤心：
“你听！这是她的手转动钥匙的声音！
“请等一下！她来了！请让我独自静听！
“她就在屋里什么地方，这可以肯定！”

1852年9月4日于泽西岛之海景台[①]

（手稿未注明日期。大概作于1846年11月）

① 海景台：雨果1852年至1855年间居住在泽西岛时的住宅名，这是一幢临海而筑的屋顶为平台的两层建筑。

“她在童年的时候，养成了一个习惯……”①

她在童年的时候，养成了一个习惯：
她几乎每天早上到我房间里来玩；
我像等待渴望的阳光一般在等她；
她走进来，对我说：“早安，亲爱的爸爸”；
拿起我的笔，打开我的书，并且坐在
我床上，乱翻我的稿纸，还喜笑颜开，
接着又突然飞走，像是过路的小鸟。
于是，我头脑开始有点清醒，并需要
做完放下的工作，我一边在写诗篇，
同时又常常会在我的诗稿里发现，
她画的一圈一圈、乱七八糟的线条，
被她的手揉皱的白纸上，我不知道
为什么，偏偏写出最美最美的诗句。
她爱上帝和鲜花，星星和青草葱绿，

① 这首诗中回忆的是莱奥波特蒂娜出嫁前的少女时代的形象，天真烂漫，稚气未消，据有的专家推测，年龄约在十六岁左右。女儿是大孩子，已经给诗人的创作以莫大的灵感。

还没有成为女人，她已经富有才情。
她眼睛里反映出她灵魂里的光明。
她随时都来问我，问东问西没有完。
啊！有多少个其乐融融的冬天夜晚，
大家对语言、历史和语法仔细讨论，
四个孩子[1]围坐在我膝头，纷纷发问，
围着火聊天，还有母亲和几位来客！
我把这样的生活看成是知足常乐！
只是孩子去了！唉！上帝要对我关怀！
感到她在伤心时，我从来不会愉快；
如果，出发时看到她眼中有些阴影，
我在欢天喜地的舞会上也不高兴。

1846年11月于万灵节[2]

（手稿：1846年11月1日[3]）

① 除大女儿莱奥波特蒂娜外，其余三个孩子是：长子夏尔，次子弗朗索瓦·维克多，小女儿阿黛尔。

② 万灵节：在11月2日。

③ 11月1日是诸圣瞻礼节。

“我们生活在一起的时候……”①

我们生活在一起的时候，
住在我们从前的小山上，
有流水淙淙，灌木丛颤抖，
住的屋子和小树林接壤，

我三十，她是十岁的孩童，
我可成了她的整个宇宙。
啊！森森的大树葱葱茏茏，
树下的小草有清香外透！

她使我的生活万事顺心，
我的工作轻松，天空澄碧。
当她对我说道：我的父亲，
我全身心在喊：我的上帝！

---

① 莱奥波特蒂娜十岁时，诗中的情节应发生在1834年。但诗中描写的场景难于确定确切的地点。这只是慈父对往事的回忆。杜撰的创作日期是莱奥波特蒂娜逝世一周年纪念。

在我做过的无数的梦中，
我听到她在欢快地说话，
看到她的眼中目光炯炯，
我的脸在暗中容光焕发。

她的神态真像一位公主，
当我携着她的小手出门，
她老是寻找开花的草木，
在路上东张西望找穷人。

她施舍时像在偷窃东西，
她想要躲过人人的眼睛。
啊！她那件小裙袍多美丽，
你们是否还记得那情景？

傍晚，待在我烛光的旁边，
她喋喋不休地小声说话，
此时，在映红的玻璃窗前，
夜蛾纷纷飞来，又扑又打。

天使在她身上发现自己。
她的一声问好令人难忘！

她的眼睛生来神采奕奕，
她的眼神从来不会说谎。

啊！我看着她的青春风姿，
曾经过和穿越我的生命！
她是我曙光初照的孩子！
她是我一生启明的金星！

我们一起在草原上闲走！
我们一起在树林中奔跑！
这正是春暖花开的时候，
月色皎洁，在夜空里映照。

我们后来经山谷里返回，
我们绕过了旧墙的墙角，
这时屋子已经一片漆黑，
望得见孤灯一盏在照耀；

我们回家，心里充满光明，
谈论着天上的辉煌神奇。
我在培植这年轻的心灵，
如同蜜蜂酿制它的蜂蜜。

她回家时高兴，天真烂漫，
温柔的天使，单纯的思想……——
这一切已一去不再复返，
像云烟一般，如清风一样！

1844年9月4日于维勒基埃[1]

（手稿：1846年10月16日）

① 维勒基埃：离塞纳河河口不远的小镇。莱奥波特蒂娜新婚不久，夫妻双双在此溺毙，合葬于小镇教堂边的乡村公墓里。

"生活，说话，头上有天空，空中有云彩……"①

生活，说话，头上有天空，空中有云彩；
捧起圣贤先哲的著作，当然很愉快；
读读维吉尔，读读但丁；又高高兴兴
乘公共马车去游赏心悦目的胜景，
对投宿的小旅舍大笑一阵很轻松；
有女人走过，她的顾盼能使你激动；
自己爱，也被人爱，这幸福国王没有！
听听树林子里的小鸟在舒展歌喉；
早晨醒过来，全家都会来和你拥抱，
有母亲，有姐妹，有闺女，有老也有少！
中午吃午饭，读读报上的新闻短评。
思想里整天转的是希望，工作，爱情；
生活之中烦神的事情一件件来临；

① 这是雨果参加朱丽叶的女儿克莱尔的葬礼回来后写成的作品。克莱尔是朱丽叶认识雨果前和雕刻家普拉迪耶生的女儿，1846年6月21日死于肺病，年仅二十岁。雨果没有能参加莱奥波特蒂娜的葬礼，却冒着风险，为朱丽叶参加克莱尔的葬礼。本诗是雨果1846年生活的一幅自画像。诗人希望通过人生生与死的鲜明对比，使本诗具有更大的普遍意义。

在阴沉的大会上[1]丢下自己的声音；
面对未来的命运，希望实现的计划，
感到自己脆弱又坚强，渺小又伟大；
在群众里是波浪，在风雨中有灵魂；
万物过而不留；既有伤悼，也有振奋；
有时成功，有时后退，斗争总很难苦……——
最后，死亡笼罩下巨大、深沉的静穆！

1846年7月11日从公墓返回时作。

（手稿：1846年7月11日从圣芒代公墓[2]返回时作。）

① 雨果于1846年2月14日在贵族院第一次发表演说。
② 圣芒代公墓在巴黎市东郊。

“明天天一亮，正当田野上天色微明……”①

明天天一亮，正当田野上天色微明，
我立即动身。你看，我知道你在等我。
我穿越辽阔森林，我翻爬崇山峻岭。
我再不能长久地远远离开你生活。

我将一边走②，眼睛盯着自己的思想，
我对外听而不闻，我对外视而不见，
我弯着腰，抄着双手，独自走在异乡，
我忧心忡忡，白昼对我将变成夜间。

我将不看黄昏时金色夕阳的下沉，
也不看远处点点飘下的白帆如画，
只要我一到小村，马上就给你上坟，

① 这是雨果在《静观集》中悼念女儿的一首著名小诗。雨果已四十五岁，不顾长途跋涉之苦，无心欣赏沿途的景色，为不幸夭折的女儿上坟，一颗慈父爱女之心，跃然纸上。本诗杜撰的写作时间是女儿忌辰四周年的前夕。

② 雨果从勒阿佛尔出发去维勒基埃女儿的墓地，要在塞纳河河谷的山坡地区步行三十五公里。清早上路，大步行走，也要傍晚到达目的地。

放一束冬青翠绿，一束欧石楠红花[1]。

1847年9月3日

（手稿：1847年10月4日）

① 冬青和欧石楠是乡间普通的野花野草。

在维勒基埃[1]

现在，巴黎的马路和大理石的建筑，
它的浓雾和屋顶，都远离我的眼帘[2]；
现在，我的头上有许多浓荫和大树，
现在，我终于可以想想美丽的蓝天；

现在，我脸色苍白，我苦恼过后已经
　　胜利地摆脱了悲痛，
现在，我感到那大自然的和平宁静
　　又回到了我的心中；

---

① 这是第四部《写给女儿的诗》中最重要的一首诗。长诗并非一气呵成。手稿本身就有两个日期：1846年10月24日是完稿的时间，但大部分诗句是1844年9月4日在维勒基埃的墓园里写成的。雨果本来有一周年忌辰时写完此诗的考虑。所以，《在维勒基埃》最初曾题为《一年后》。女儿莱奥波特蒂娜对诗人感情生活的影响，事实上超过童年时代的母亲，中年时代的妻子，和终身的伴侣朱丽叶·德鲁埃。这首诗采用向上帝倾吐衷肠的形式，表示自己心情已经“平静”，但诗中反映出来的“平静”是表面的，创伤是深刻而持久的。《写给女儿的诗》总体上给人的印象是：诗人经历了从惊诧、反抗到平静、认命的过程。可是现实生活并非如此，可以说，反抗和认命这两种对立的感情或交替出现，或同时存在。诗中采用两种诗节形式，是法语“悲歌体”最常见的两种诗节组成方式。

② 诗人坐在维勒基埃公墓的墓园里，离巴黎约有一百五十公里。

现在，我坐在水浪滔滔的河边墓地[1]，
看到辽阔安静的地平线十分感动，
可以在心中审视各种深刻的真理，
望着草中的花儿一朵朵姹紫嫣红。

现在，我的上帝啊！我虽然出于无奈，
　　但还可以平心静气，
亲眼看到这墓碑，我当然知道她在
　　墓碑深处长眠不起；

现在，平原和谷地，森林和白浪银涛，
望着这一片使我感动的神圣美景，
我看到你的奇迹，看到自身的渺小，
面对广漠的世界，我头脑重又清醒；
我前来找你，主啊！必须信任的父亲，
　　和平重返我的胸怀，
我把赞颂你光荣、被你砸碎的破心，
　　完完整整给你带来；

我前来找你，主啊！我承认你很崇高，

① 墓园望得见塞纳河及其河谷。

啊！英明的上帝啊！你温和，宽大，仁爱，
我承认你做的事只有你自己知道，
而人仅仅是一茎芦苇，在随风摇摆；

我认为，对死者说关上大门的坟墓，
　　却掌握通天的钥匙；
而我们在尘世间以为这已经结束，
　　其实才刚刚是开始；

我同意，跪下承认你是威严的天父，
独自在执掌无限，洞察绝对和现实；
我同意，心中应该流血，我口服心服，
我心服口服，因为这是上帝的意志！

我不会再想不通因为有你的决断
　　而发生的一切事物。
灵魂要历经哀伤，而人要历经边岸，
　　才飘向永恒的国土。

我们仅仅看得见事物的一个侧面；
另一面却消失在神秘的长夜深底。
人不知道为什么自己被套着锁链。

人所见到的一切：无谓的一点一滴。

你总是安排孤独返回凡人的脚边，
　　　不论何地何时何刻。
你不愿意让凡人活在这世界上面，
　　　获得确信，获得欢乐！

人一旦获得幸福，命运就把它夺走。
不给他任何东西，他那短促的生命
不让他建立一个安定的居所，能够
说声：这是我的家，我的田，我的爱情！

人对所见的事物无法仔细地打量，
　　　人要衰老，无凭无依。
既然事情是这样，那就应该是这样；
　　　这我同意，这我同意！

世界是多么凄惨！和谐永远是如此，
上帝，这里面既有歌声，但也要哭声；
在无穷的黑夜里，人只是一颗原子，
恶人在夜里沉沦，善人在夜里上升。

我知道，除了怜悯我们每个人以外，
　　你有别的事情要想，
有一个孩子死去，母亲是多么悲哀，
　　可是不关你的痛痒！

我知道，有风一吹，果子就落地纷纷；
鸟儿会掉下羽毛，花儿会失去芳香；
造化其实是一个奇大无比的车轮，
轮子要前进，总得有人被轧死遭殃；

年年，月月，大海的波浪，哭泣的眼睛，
　　都在蓝天之下烟消；
孩子们应该死去，而小草需要发青；
　　我的上帝啊！我知道！

在你的苍穹，在比云雾更高的天际，
在无始无终、静止不动的晴空碧霄，
也许，你正在制造人所不知的东西，
而人世间的痛苦是你制造的原料。

不测的事件要把可爱的人儿带走，
　　像旋风般来势汹汹，

对你无穷的主意，对你无尽的念头，
　　　也许是非常的有用。

有一些不容变更、铁面无私的法则，
冥冥中在支配着我们莫测的命运。
上帝，你从从容容，就不能一时一刻
有一点恻隐之心，变动世界的均匀！

上帝啊！我恳求你，请注视我的灵魂，
　　　并且要仔细地看清：
我谦卑得像孩子，我温和得像女人，
　　　我对你十分地崇敬！

我还要请你看到：我自从曙光升起，
就在劳动和奔波，拼搏、战斗和思考，
我借助你的光辉去阐明各种道理，
谁对大自然无知，我就去加以开导；

要看到：我的责任在尘世都已尽到，
　　　不怕仇恨，不怕翻脸，
我不能指望竟会得到这样的酬报，
　　　我更没有可能预见，

连你也竟然伸出扬扬得意的拳头，
沉重地打在我这屈服顺从的头上，
你这样快地就把我生的孩子夺走，
而你明明也看到我生活很不欢畅！

心上被狠狠一击，就会有怨言出口，
　　我对神明也会冒犯，
我像生气的孩子向大海投掷石头[①]，
　　向你喊出我的悲叹！

要看到，人痛苦时，上帝啊！就会怀疑，
而眼睛哭得太久，最后就变成瞎子，
伤心的事情使人堕入绝望的井底，
他再也看不见你，就不能对你沉思，

最后请看到：当人痛断肝肠的时候，
　　那此人不可能再会
让光灿灿的星空，仍然在自己心头
　　放射出清澈的光辉！

① 孩子在海边用沙子造屋游戏，一旦被海水冲垮，会生气地向海中扔石块，发泄自己的不满。

我曾像做母亲的那样软弱，可如今，
面对开阔的天穹，我在你脚边依偎。
因为我对造化的看法现在已更新，
我在哀伤中感到身上又有了光辉。

主啊，我现在承认：除非是疯病大发，
　　凡人才敢叽叽咕咕；
我不再怨天尤人，我不再诅咒责骂，
　　可是，你得让我痛哭！

唉！请让我的眼泪从眼中长流不止，
既然你创造凡人，就为了这么一点！
请让我俯身抚摸这块冰冷的墓石，
对我孩子说：你可感到我在你身边？

请让我和她谈谈，脚下是她的遗骸，
　　到了晚上，更深夜静，
仿佛黑夜里，天使会把她眼睛睁开，
　　这天使在仔细倾听！

唉！我羡慕的目光回顾逝去的往昔，
我生命中那一时一刻已去而不回，

我望着她张开了翅膀，并飞向天际，
我已经在人世间无法再找到安慰！

我会永远地记住这时刻，直到我死，
　　　白流的泪啊！那时刻，
我喊道：刚才还是属于我的这孩子，
　　　怎么！从此就算死了！

我这副狼狈样子，请你千万别恼火，
上帝啊！这伤口里血总是流淌不住，
我总是焦虑不安，我总是失魂落魄，
我的心只好顺从，但心里总是不服。

我请你不要恼火，哭哭啼啼是凡人，
　　　丧事接二连三而来！
我们不那么容易能让我们的精神，
　　　摆脱这巨大的悲哀。

你看，我们的子女对我们非常重要，
主啊，我们的命运，在每一天的早晨，
给了我们这么多痛苦，这么多烦恼，
还有这么多无知，还有这么多贫困，

我们看到出现个孩子，他高高兴兴，
　　小家伙可爱又神圣，
这样美，大家以为，孩子一走进大厅，
　　看到天上打开大门；

我们都看着这个宝贝十六年以来[①]，
是多么聪明伶俐，是多么讨人喜欢，
当我们承认，这个大家疼爱的小孩，
在我们心里、家里像阳光一般温暖，

我们在尘世梦寐以求的事物之中，
　　孩子是唯一的乐趣，
要知道，这件事情多么伤心和悲痛：
　　看到她匆匆地离去！

1847年9月4日于维勒基埃

（手稿：1844年9月4日；1846年10月24日）

① 莱奥波特蒂娜生于1824年，逝世时已十九岁，诗中有意保留她的孩子形象。

“泉水从高高岩石上落下……”①

泉水从高高岩石上落下，
流向汪洋大海，一滴一滴。
凶险的海洋对泉水说话：
“你要我怎么样？哭哭啼啼！

“我就是风暴，我就是骇怕；
“天的开始是我海的结束。
“小不点儿，我是无边的大，
“难道我还需要你的帮助？”

泉水对大海说道：“我给你，
“我默默无闻，我又细又微，
“茫茫大海，你没有的东西！

① 这是一首寓言诗。寓言是可以多解的。但是，这则小诗收在第五部《征途漫漫》中，可见寓言应该是社会性的。

"我给你一滴可以喝的水。"

1854年4月

（手稿：1854年4月21日）

凶年集（选）

程曾厚　译

巴黎被围[1]

巴黎城啊！你将会使历史跪下双膝。
流血是你的美丽，死去是你的胜利。
噢，不，你不会死去，血在流，但谁看到
恺撒[2]在你懒散的双臂中哈哈大笑，
会大吃一惊：你在穿越赎罪的烈火，
巴黎，你得到的比失去的东西更多，
你将会赢得光荣和全世界的尊敬。
哀伤的城市，谁来围攻，就叫谁送命。
卑下虚假的繁荣只是慢性的死亡；
你软绵绵时倒下，你血淋淋时强壮。
致人死命的帝国曾使你昏昏欲睡，
你醒来时是女神，驱赶贪馋的色鬼。
你从令人作呕的渺小幸福中出来，

① 1870年9月1日色当一役，拿破仑三世率军投降。法军节节败退。10月27日，巴赞元帅在梅斯的十万精兵不战而降。普鲁士军队猛扑巴黎，围困首都。雨果谴责第二帝国表面的繁荣同时，对国家前途寄予无限希望。

② 恺撒：原指古罗马皇帝，此处指普鲁士国王。以后的德国皇帝的名号也叫“恺撒”。

如今你成为烈士，恢复了英雄气概；
当你的一边死去，另一边才能新生，
才有荣誉，真善美，才有高尚的民风。

（手稿：1870年11月）

给围城时生病的孩子[1]

如果你在大人的窒息空气里呼吸，
　　继续这般脸色苍白，
如果我看到由你陪我命中的孤凄，
　　我已垂暮，你是小孩；

如果我看到你我生命的锁链相连，
　　我在膝头把你端详，
我只求死亡离你遥远得如同天边，
　　快快降临我的身上；

如果你的手总是又白，又弱，又瘦小，
　　躺卧在摇篮里发抖，
如果你的神情已如同是一只小鸟，

① 让娜是雨果的孙女，于1869年9月出生，当时已满周岁。围城期间，雨果手记中对让娜的成长、健康，甚至一举一动，都有记载。让娜于1871年1月28日至31日患病，2月5日康复。2月17日，手记中有“这个天使的任务是带着我一起远走”的文句。诗当在文后。

　　在等待翅膀好飞走；

如果你似乎并不希望牢牢地扎根
　　在我们的大地之上，
如果你，让娜，美丽而不满意的眼神，
　　在生命之谜里游荡；

如果我看不到你开心，红润，又强壮，
　　如果你忧伤地沉思，
如果你并不转身把那扇大门关上，
　　你从那边来到尘世；

如果我不能看到你像美丽的女人，
　　走来走去，身体健康，
活泼欢笑，如果你像个小小的灵魂，
　　你不愿意留在世上，

我就会想在这个世界，襁褓和尸布
　　有时候会不分先后，
你来了，又要动身，你这天使的任务，
　　是带着我一起远走。

致维克多·雨果号大炮[①]

听我说，听你说的时候即将会来到。
令人畏惧的战士！啊，惊雷啊！啊，大炮！
仇恨满腔的愤怒巨龙，你张开大嘴
发出的吼叫，还有可怕的火光伴随，
你沉甸甸的巨人，全身都电光闪闪，
将把盲目的死亡在空中到处扩散，
我祝福你。你要为保卫巴黎去厮杀。
大炮啊，在内战中你可要一言不发，
但是，要对国境的那一边提高警惕。
昨天离开铸造厂，你又威武，又神气；
妇女们跟在后面，对你说："多么漂亮！"
眼前的辛布里人[②]获胜后得意扬扬。

---

① 老诗人以普通公民的身份参加保家卫国的斗争。雨果1870年10月30日日记："我收到作家协会来信，要求我同意举行一次《惩罚集》的公开朗诵会，其收入为巴黎买一门大炮，并将命名为'维克多·雨果号'。我同意了。"11月22日，政府通过协议：用《惩罚集》的收入铸造两门大炮，其中一门后来被命名为"维克多·雨果号"。

② 辛布里人：古日耳曼人，曾入侵过古代法国的高卢。

这可实在是耻辱，而巴黎这座古城
遥向君王们示意，请各国人民作证。
斗争在等着我们；来，我钢铁的儿子，
啊，黑色的复仇者，威风凛凛的斗士，
我们要相互补充和交换，我的肉身
要你的铁骨，你的铜胎要我的灵魂。

大炮呀，不久你将站立在城墙之上。
四周欢呼的人群将会拍手和鼓掌，
后面跟着辎重车，里面盛满了炮弹，
你由八匹马拉着，在路上走得不慢，
在摇摇欲坠、破破烂烂的房子中间，
你将要去雄踞在高大的炮眼旁边，
下面是紧握砍刀、愤然而起的巴黎。
到那里，永远不要睡觉，也不要休息。
再说，既然我这人在世界各地曾经
试以庄严的宽容治愈一切的疾病，
既然只要我看见人间无穷的征讨，
就从公众的讲坛，也从流亡的孤岛，
在喧嚣的人群间播下和平的种子，
既然我或喜或忧，总对上帝的仁慈
指引我们的伟大目标，高举起指头。

既然我多次痛失亲人，真不堪回首，
爱情是我的《福音》，团结是我的《圣经》，
怪物，你可要凶恶，以我的名字命名！
因为，面对着罪恶，爱情就变成仇恨，
有灵性的人不能忍受有兽性的人；
因为，法兰西不能忍受野蛮的战火；
因为，崇高的理想就是伟大的祖国；
现在这责任已经再也不允许推诿，
一定要挡住泛滥成灾的滚滚祸水，
要把巴黎，被巴黎改变模样的欧洲，
把各国人民，一一保护，要严加防守；
因为，如果不能去惩罚这条顿国王①，
那么人间的进步、怜悯、博爱和希望，
会一一逃离地球，而使人非常痛苦；
因为，恺撒是老虎，而人民只是猎物，
谁要进攻法兰西，就是向未来攻击；
因为，只要我们在阴森可怖的夜里，
听到阿提拉的马在嘶叫，我们就将
围绕人心去建造一大座铁壁铜墙，
为拯救我们宇宙免于完全的沉沦，

① 条顿国王：指普鲁士国王威廉一世。条顿本是日耳曼人的一支。

罗马应成为女神，巴黎应成为巨人！

这也就是为什么温柔蔚蓝的诗稿，
以及诗琴产生的一尊又一尊大炮，
张开大嘴，应该在战壕上瞄准对方；
这也就是为什么战栗的哲人应当
被迫地使用光明对付阴森的事物；
面对国王，面对恶及其忠实的信徒，
面对世界伟大的需要：要得到拯救。
他知道，经过沉思，现在是需要战斗；
他知道必须打击，需要歼灭和胜利，
他借用一线曙光去制造一声霹雳。

致法兰西[1]

无人支持你。人人都同意。这位俊杰，
格拉德斯通[2]在对你的刽子手致谢。
那位名叫格兰特[3]，他对你大喝倒彩，
班克罗夫特对你侮辱；此人是将帅，
那人是法官，或是护民官，神父，使徒，
这一位来自北方，那一位来自南部；
没有人对你血流如注会表示满意；
人人对你在十字架上吐口水相欺。
唉！你对别的国家有何过错？你安慰
那些哭泣的国家，说的话无比完美：

① 普法战争一开始，法国军事上严重失利。而美国、英国等西方大国，纷纷抛弃法国，以中立为名，和普鲁士亲近。雨果正是在法国内外交困、孤立无援的情况下，对祖国发出如此深情的呼喊。

② 格拉德斯通：1809—1898，是当时的英国首相。他在普法战争前曾劝说拿破仑三世政治解决。法国宣战后，他代表英国宣布中立，并责备法国主战派甘必大抵抗侵略的决心。

③ 格兰特：1822—1885，是美国将军，北军司令，当时是美国总统。他致函威廉一世，保持中立，并对普鲁士表示同情。雨果在《凶年集》中有《格兰特的咨文》一诗，予以谴责。

——祝福你强盛，美国；祝福你自由，希腊！
意大利多么伟大；今后应该更伟大。——
你给此国以黄金，体现出你的真情，
你给那国以热血，你给人人以光明。
你曾捍卫人类的权利，你一贯忠贞，
你已经尽到了你应尽的一切责任。
你曾高喊：——欢乐与和平！喜悦加希望！——
如同牛喝饱后从水槽归来的情状，
全体人类一步步走回自己的马厩，
可敬可畏的兄长，喝足了你的成就，
你曾经南征北战，你曾经给人依靠。
哎，忘恩负义之辈只证明自己渺小。
没关系！当此时刻，你的光荣已垮台，
别人不再认识你，都来喝你的倒彩，
你血淋淋被钉死刑架上，赤身裸体，
别人都对你挨的每一棍大笑不已。
别人会怜悯你的儿女，因命运捉弄，
儿女承认你母亲，不得不为此脸红。
你不会就此死去，大家都感到遗憾。
罪恶的黑鹰正在啄食法国的心肝；
你在黑夜里垂下曾光灿灿的头颅；
大家争先恐后地不认失败者，欢呼

掠夺成性的国王，如阿德雷[1]的匪帮，
使欧洲赞美，使世界高兴……——啊！我希望，
在你受难的时刻，你在被秃鹫啄咬，
我希望自己不是法国人，以便相告：
法兰西啊，我宣布，我已经把你选定，
你才是我的祖国，光荣，唯一的爱情！

① 阿德雷：1513—1587，是法国男爵出身的匪首，长期在法国东部地区作恶多端，臭名昭著。

国　殇[①]

他们已经长眠在恐怖、孤独的战场。
他们流淌下的血一摊摊，积在地上；
凶恶的秃鹫搜索他们剖开的肚皮；
他们冰冷的尸体在草中狼藉满地，
扭曲的身子发黑，很可怕，他们死亡
后和遭电击的人一样是奇形怪状；
他们的头颅很像不长眼睛的石头；
白雪展开的尸布，铺在他们的四周；
他们伸出来的手，凄凉、蜷曲而枯干，
仿佛还想要挥剑，好把什么人驱赶；
他们嘴里无话语，他们眼中无目光；
沉沉黑夜里，他们睡的神气很惊慌，
却一动不动；他们受的打击和伤口

① 国防政府无能，前线节节败退。11月29日，法军十万人从巴黎东南郊的尚皮尼突围，至12月2日，以失败告终，折兵逾万。是年冬天，巴黎奇寒，冰天雪地。诗人用近乎自然主义的白描手法，描写战场上殉难的士兵。诗人年迈，但报国之心殷切。

多于关在铁笼里游街示众的死囚；
他们身底下爬着蚂蚁和各种小虫，
他们的身子一半已经埋进了土中，
好像一艘沉没在深水之中的船只；
他们的堆堆白骨，没有烂尽的腐尸，
如同当年以西结与之谈话的尸身；
他们的全身上下都是可怕的弹痕，
砍刀留下的刀伤，长矛戳出的窟窿；
阵阵寒冷的野风在这寂静中吹动；
天阴雨湿，他们赤身露体，斑斑血渍。

为国捐躯的人啊，我对你们好妒忌。

致某妇人的信[1]

(1月10日用气球寄出)

可怕、快活的巴黎在战斗。您好，夫人。
大家是人民，是一个世界，一个灵魂。
没有人只想自己，每个人为了大家。
我们没有太阳和支援，也没有害怕。
只要大家不睡觉，一切事情会好办。
施米兹[2]写大战的公报可写得平淡；
像布吕穆瓦神父[3]翻译埃斯库罗斯。
我花十五法郎买四个鲜蛋，这不是
为我，而是为我的小乔治和小让娜[4]。
我们吃老鼠和熊，我们吃驴子和马。

---

① 巴黎被围，前后共一百三十天。1870年1月10日，第一个邮政气球升空，把四百公斤信件运出巴黎。是年大寒，天灾人祸，巴黎人经受了严峻的考验。雨果的这首"诗简"既不隐瞒难以置信的困难，又表现出压倒一切的乐观精神。诗中对巴黎妇女的歌颂，可与《惩罚集》的许多篇章媲美。诗集出版时，本诗引起读者兴奋的共鸣。

② 施米兹：1820—1892，法国将军，普法战争时是巴黎军参谋部的参谋长。

③ 布吕穆瓦神甫：1688—1742，曾翻译许多古希腊文学作品，1730年出版《希腊人的戏剧》。

④ 乔治和让娜是雨果的孙子和孙女。当时乔治两岁半，让娜一岁半。

巴黎被紧紧围住，被围得滴水不漏，
我们的肚子已经成了挪亚的方舟[1]；
百兽涌进我们的腹部，有狗也有猫，
不论巨大和渺小，名声有坏也有好，
什么都能闯进来，耗子和大象相遇。
树木已经被砍的砍，劈的劈，锯的锯；
巴黎把香榭丽舍[2]送进壁炉的柴筐。
手上生起了冻疮，窗上积满了白霜。
没有东西生火把洗好的衣服烘干，
现在，衬衣就只好不换。而每到夜晚，
嘈杂阴沉的低语充满大街和小巷，
人来人往，有时是粗声粗气的叫嚷，
有时是歌唱，有时却是号召去战斗。
塞纳河上一堆堆冰块在慢慢漂流，
沉重的冰块走走停停，河上的炮艇
拖着泡沫翻滚的尾巴在向前航行。
没有东西吃，就什么都吃，也很快乐。
光光的桌上等着我们的只有饥饿，
从地窖请出一个土豆是孤家寡人，

① 挪亚：建造方舟躲避洪水的故事，见《旧约·创世纪》。上帝命挪亚把每种动物一公一母带进方舟，以为洪水退后保存物种。

② 香榭丽舍：指巴黎一条繁华的林荫大道。

洋葱如同在埃及，现在已尊为天神[①]。
我们虽然没有煤，但有乌黑的面包。
没有煤气；巴黎在大熄灯罩下睡觉；
晚上六点钟一片漆黑。像雨点一样，
炮弹在我们头上发出可怕的声响。
我的墨水瓶就是一块漂亮的弹片。
巴黎在被人谋害，却不屑发出怨言。
市民们都在城墙四周站岗和放哨；
裹着厚呢的大衣，而头上戴着军帽，
父亲、丈夫和兄弟不惜生命的代价
在监视敌人，累了就在板凳上躺下。
好！毛奇[②]炮击我们，俾斯麦[③]饿死我们。
巴黎可是个英雄，巴黎可是个女人；
巴黎勇敢又可爱，仰视深邃的天顶，
张开了一双沉思而笑眯眯的眼睛，
先望望鸽子飞回，又望望气球出发[④].
这多美：轻松之中有不平凡的伟大！
我呢，看到没有人屈服，我兴高采烈，

① 埃及盛产洋葱，据说许多城市有崇拜洋葱的习俗。
② 毛奇：1800—1891，是普鲁士陆军统帅，1870年指挥普军进攻法国。
③ 俾斯麦：1815—1898，是当时的普鲁士首相。
④ 鸽子和气球都是巴黎被围时对外联系的手段。

对大家说：要斗争，要爱，要忘却一切，
除敌人以外不再有敌人；我大声说：
我忘却我的名字，我现在名叫祖国！
至于此刻的妇女，您可以为之骄傲，
一切都动荡不定，但她们志气很高。
像当年古罗马的妇女们，美就美在
她们贤惠的品质，她们简朴的住宅，
十个指头被粗毛磨蚀得又黑又硬，
汉尼拔兵临城下，她们少睡却镇静，
她们的丈夫个个站在科利那[1]城楼。
这时代又回来了。普鲁士这只野兽，
这只老虎，攫住了巴黎，它正在撕咬
世界伟大的心脏，虽已半死，还在跳。
好哇，巴黎被无情卡住，在这座都城，
男人只是法国人，女人有罗马遗风。
这些巴黎的妇女什么事都能忍受：
壁炉灭了火，双脚被冰霜冻裂了口，
夜里等候在肉铺黝黑的门口排队，
严寒的风霜雨雪拼命地滥施淫威，
饥饿、恐怖加战斗，她们都已经忘我，

① 科利那：古罗马的城门之一。

只剩伟大的责任，只剩伟大的祖国；
尤维那利斯九泉之下会含笑满意。
炮击能使我们的城堡群吼叫不已。
天色微明，战鼓和喇叭就遥相呼应；
清晨有凉风习习，嘟嘟的晨号唤醒
脸色苍白的大城，并在朦胧中显露；
模模糊糊的军乐在街上此起彼伏。
大家兄弟般相亲，我们渴望有捷报，
把赤心献给祖国，把头颅交给大炮。
这座城市有幸被光荣和苦难选中，
看到可怕的日子到来，反而很激动。
好吧，我们会挨冻！好吧，我们会挨饿！
怎么样？这是黑夜。黑夜以后是什么？
是黎明。我们受苦，但我们充满确信。
巴黎充满冲破普鲁士牢狱的决心。
鼓起勇气！大家要鼓起古代的勇气，
一个月以内定要把普军赶出巴黎。
然后嘛，我和两个儿子打算到乡下
来生活，到您身边来和您一起安家，
夫人，如果我们在二月间不被打死，
三月份就来找您谈谈我们的意思。

（手稿：1871年1月10日）

“在一座街垒上面，在铺路石的中间……”①

在一座街垒上面，在铺路石的中间，
此地被脏血玷污，此地用热血洗遍，
有十二岁的男孩和大人一起被俘。
“你是他们一伙的？”孩子答：“同一队伍。”
“那可好哇，”军官说，“我们要把你枪毙。
你就等着吧。”孩子望着高大的墙壁，
火光一闪又一闪，伙伴们纷纷倒下。
这男孩对军官说：“你能否让我回家？
我回家去把这表交还给我的母亲。”
“你想溜？”“我就回来。”“你的家是远是近？
这些流氓都害怕。”“住前面，水池旁边。
我马上回来，队长先生。”他许下诺言。
“滚，太可笑了！”孩子走了。“这也算花招！”
士兵和他们军官都一起哈哈大笑，

① 本诗是雨果写巴黎公社的名篇之一。1871年6月3日的《费加罗报》曾记述过这位小英雄的事迹。利萨加雷的《巴黎公社史》在第三十一章有比较详细的记载，内容和本诗相符。

这笑声和死者的咽气声同时传来；
可笑声停了，因为脸色苍白的小孩
突然又出现，他像维阿拉[①]一样骄傲，
他走来背靠着墙，对他们说："我已到。"

死神也感到羞愧，军官免了他一死。

这场风暴把一切都已经搅乱，孩子，
善和恶难以区分，也难分英雄强盗，
你为何投入这场战斗，我并不知道，
但你无知的心灵就是崇高的心灵。
你又善良，又勇敢，你向深渊的绝境
走了两步：一步向母亲，一步向死亡；
孩子有的是天真，大人则后悔难当，
别人要你做的事，责任不由你承担；
这孩子神气、英勇，他宁可不要平安，
不要生命和游戏，不要春天和朝阳，
只要一座朋友们死去的阴暗高墙。
你呀，你这么年轻！光荣吹你的额头，

① 维阿拉：1780—1793，是法国大革命时期的少年英雄，为保卫共和国和保王党作战时牺牲。

连斯特西科罗斯[1]在古希腊，小朋友，
也会请你去守卫阿尔戈斯[2]的城门；
西内日尔[3]对你说："我们俩秋色平分！"
提尔泰在麦西尼[4]，以及埃斯库罗斯
在底比斯[5]也都会承认你少年英姿。
你的名字也会被刻上青铜的圆盘[6]；
你也会如同那些俊美的青年一般，
晴天如果向柳荫覆盖的井边走去，
在肩上扛着一罐清水的年轻少女，
她前来汲水要喂气喘吁吁的水牛，
她会低下头沉思，并转身凝视良久。

（手稿：6月27日于菲安登）

① 斯特西科罗斯：约公元前640—前550，古希腊抒情诗人，常咏唱英雄故事。

② 阿尔戈斯：希腊古代的港口城市，曾受到斯巴达的围攻。

③ 西内日尔：希腊悲剧诗人埃斯库罗斯的弟弟，曾参加马拉松战役，以英勇闻名。

④ 麦西尼：希腊地名。

⑤ 底比斯：又译锡韦，希腊中部地名，古代曾繁荣一时。

⑥ 古希腊将英雄的名字刻于圆形的铜盘上，置于寺庙内或公共建筑物上，以示铭记不忘。

历代传说（选）

吕永真　译

世界七大奇观

1.以弗所神殿

2.巴比伦空中花园

3.摩索拉斯陵墓

4.奥林匹亚宙斯神像

5.亚历山大城灯塔

6.罗得岛太阳神巨像

7.埃及金字塔

有声音在说话；说给谁听？说给茫茫无际的太空，
说给在冥思苦想的忧郁孤独的人，
说给分散在沙漠中各地的耳朵；
在一望无际的平原，没有任何处所
可以看到人群走向这无数的声音，
但能感到人们在黑暗中倾听。
是谁在说话？一些建筑，它们如同礁石
屹立在人海的浪头上沉思，

神态安详，每座都仿佛是个活人，
自身便是自己的见证。
没有一种喧嚣敢掺杂于这些声音，
为让他们说话，风儿沉寂无声，
海浪让它神秘的波涛平静，
远方迷茫的太阳为灰白的三角楣镀金。
当虔诚的夜色笼罩大地，
星星开始闪现，让人凝视。

1

其中一个声音，就是神殿[①]的话语，
它说：赞美我吧！不论你是谁，把我注视；
不论你是谁，一定要沉思与观看，
不论你是谁，要跪下接受我神圣的光线，
因为理想闪闪发光，它由星星生成；
而我就是理想。特洛伊，阿戈斯，西西荣[②]
与以弗所相比都不值一提，对它永远妒忌，
噢，民众，以弗所的城楼就有我的阴影。

---

① 以弗所为古希腊爱奥尼亚地区城市，建有狩猎女神狄安娜的神庙，即以弗所神殿，后焚毁，现仅存残迹。

② 阿戈斯与西西荣均为古希腊城市，特洛伊为古代小亚细亚地区城市。

幸福的以弗所说：“假若我是德尔斐或泰勃[①]，
人们会看到厄瑞玻斯[②]在我圆顶上发光，
我的神谕使人们忧心如焚；
假若我是科斯岛[③]，我会锻造坚硬的轴；
假若我是唐提利斯，这阴郁的梦幻城市，
我的牧人们，他们神圣的前额顶着天宇，
在笑盈盈的白日降临的时刻，
面向东方注视各个星座
把它们满载星星的马车驱入无限；
假若我是巴克利亚，就会有琐罗亚斯德[④]，
假若我是伊利斯的奥林匹亚[⑤]，
我的眼睛会为英勇的角斗者指出胜利，
预言家在我这里把星相家攻击，
我的各种比赛使神明对人妒忌，
如一股风把科洛布斯追逐；
但追求这么多的目标有何用处，

---

① 德尔斐：古希腊城市，系阿波罗神庙及神托所所在地；泰勃：古埃及最有名的城市，称为百门之诚，已不复存在。

② 厄瑞玻斯：永久黑暗的化身。

③ 科斯岛：位于爱琴海，属希腊领土。

④ 巴克利亚：古代伊朗人居住的一个地区；琐罗亚斯德：传说中的古伊朗琐罗亚斯德教即袄教的创立者。

⑤ 伊利斯：希腊的一地区，奥林匹亚为其主要城市，在古希腊，每四年在此举行一次竞技比赛，现代奥林匹克运动会即源于此。

我有这座爱奥尼亚神庙已经足矣，
它不论黎明夜晚都在我山顶矗立，
可以让地球说：它多么壮丽！”
我的城市说得不错。在阳光下辉煌壮观
的著名的万神庙在我面前神采黯然，
犹如一个跪凳位于御座之前；
它们出于人力，而我是个奇迹。

对于从未看到
我的人们来说，阳光从来没有照耀。
我恬静的白色引来白鸽；
全世界都来向我庆贺；
我有着银钉的巨大台阶全是碧玉，
上面布满百牲大祭，鞠躬的国王和沉思的僧侣；
所有的人都向我举手致敬。
年轻人手持铿锵的木铃，
在前面广场载歌载舞，身材有高有低；
我的门下是块巨石，阿戈斯的杜西普[①]

① 杜西普：古希腊哲学家。

坐在那里讲述俄耳甫斯[①]的教义；
我的前厅供哲人们散步，
他们交谈辩论，做出熟悉的手势，
在石柱的阴影中时而热烈时而消极。
科林思[②]看到我时哭泣伤心，
爱奥尼亚艺术为我穿上它纯洁典雅的长裙。
山岳高傲的峰顶在清晨
霞光万道，大放异彩，
但我的雄姿并不因此而相形见绌，
因为太阳并不比思想更加伟大；
昨天我是什么模样，明天依旧如此；
我活着，我的额头在各个时期
记载着天才、艺术和人类精神，可与曙光匹敌。

石头在地球中粗糙冷峻，漠然无知；
花岗岩是丑陋的野兽居于黑暗，
方解石不知道黎明发射光焰，
斑岩双目失明，大理石十分愚蠢；

① 俄耳甫斯：希腊神话中的歌手和诗人，发明了音乐和作诗法，并创立一种教义。

② 科林思：古希腊最繁华的城市之一，后被罗马人摧毁。

当查斯芬，岱达尔，克莱斯毕德[1]走过，
他们充满神圣光芒的眼睛
凝视岩石沉睡的土地，
一切苏醒；一阵战栗使石头抖动；
沉重的花岗岩睁开模糊的眼睑，
竭力在寻找它的主人，
岩石感到雕像在它身上颤动，逐渐成形，
在神圣的天才们协助下，
黑暗中的大理石在漫漫长夜开始躁动，
斑岩再不愿深埋于黑暗；
土地在颤抖，感觉到上方人类的意愿；
于是在路过的创造者的目光注视下，
从神圣土地的沉寂的深处，
突然建起一排排墙壁阶梯，
一排排拱门石柱和建筑的正面，
宏伟的建筑拔地而起，慢慢上升，
通体雪白，雄视一切，它的圆顶
追求天空，它由土地和人构成，
把茁壮有力的橡树根中的一切

① 作者此处把这几个古希腊人作为雕刻家与建筑师，但不尽符合实际。（原注）

与欧几里得和普拉西岱的梦想联结[1]，
把不朽的思想注入永恒的神庙！

我的主立面让它徐徐倾斜的两道
辉煌的平面倚靠安详的柱顶盘，
它们如此柔和，仿佛为让女神睡眠；
我有时藏身于蓝天的云端，
犹如赤裸的乳房在金色发辫下面；
三位雕刻家，沃尔斯克人阿布·安苏，
米提亚人阿扎克·苏泽，希腊人弗托斯·梅加，
在我的中楣镌刻猎犬奔突的山崖，
羞怯的野蛮人，和平的神明，
赤裸的特利托莱姆[2]在茂密的小麦地中，
塞丽斯把柏隆娜[3]踩在脚底；
一百二十七位国王为我把一百二十七根石柱建立；
我是神圣灿烂的艺术，永不衰退；
我庄严的对称是美德的姐妹；
我的光辉把整个希腊覆盖；
支撑我的石头满腹欢快，

① 欧几里得：古希腊数学家；普拉西岱：古希腊著名雕刻家。
② 特利托莱姆：希腊神话中体现土地三次翻耕的农神。
③ 据希腊神话，塞丽斯为农业女神，柏隆娜为女战神。

城市在我脚下狂热地崇拜；
斯巴达从梦想家利库克[1]接受它的法律，
蒙第奈从尼科多莱[2]接受它的法律，
神的光芒为雅典涂上一层金色，
它的法令来自梭伦[3]，受压迫者的伟大引路人，
克里特的来自米诺斯，洛克斯的来自赛琉库斯[4]，
我，神庙，我是以弗所的立法者；
民众看到我便晓得秩序，变得平静；
我的台阶是一部法典的条文，
我的三角楣像泰利斯[5]一样思想，像柏拉图一样演讲，
我肃穆的柱廊对于通晓音律的灵魂
发出竖琴般动人心弦的声音，
我正面的列柱仿佛是上天的箴言，
一切真正的法律都是和谐的节奏，
没有一个看到我的人未得到神明的忠告；
我庄严的平衡教给人们正义；
我是用大理石建造的真理；

① 利库克：被认为是古希腊时代斯巴达的立法者。

② 蒙第奈：希腊古代城市；尼科多莱未查出是何人。

③ 梭伦：古希腊政治改革家，制定了法律。

④ 克里特：希腊的一岛屿；米诺斯：神话中的克里特国王；洛克斯：意大利古代城市；赛琉库斯：古希腊的一将领，在叙利亚建立王朝。

⑤ 泰利斯：古希腊哲学家，认为万物始源于水。

噢，凡夫们，美与真更为相似，
民众们，快来我这里，在我神圣的台阶，
掬献你们的心，抛弃你们的法令，寄托你们的命运，
世人们，你们在礼赞我时要成为弟兄，
仰望纯洁、伟大、贞洁、神圣、
神奇、不朽，你们要和睦相亲；
如同江水流动，沙粒消逝，
岁月也一去不返，但我永远屹立；
我是黎明的白色宫殿，黑夜的黑色祭坛，
曙光出现，我这温柔的建筑笑容满面，
夜间，我变得阴森凄厉，
仿佛在我沉寂的深处准备将牺牲献祭；
人们看到我屋脊后升起黑暗，
犹如一团有万点星火的浓烟。
天空的一切飞鸟都用双翅把我抚摩，
其中有燕子，白鹇，长颈的仙鹤；
我的三角楣对猫头鹰不用害怕，
如同卡利俄珀不害怕弥涅尔瓦[①]。
不论谁受淫逸的希巴瑞斯[②]的感染，

① 在希腊神话中，卡利俄珀为九位缪斯中的最长者，而弥涅尔瓦为罗马庇护手艺的女神，相当于雅典娜。

② 希巴瑞斯：意大利古代城市。

只要跨过我庄严朴素的门槛，
便惊奇地发现美德重又萌生。
女预言家在我的地下室咕咕哝哝；
天花板下是凝滞的轻雾，
上面写着一些昏暗的语言，
女预言家突然发出的喊叫令它震颤；
在我隐秘而可怕的隔墙上，
微笑的奥林匹斯山的预言家隐约看到画像，
并看到一些朦胧的形象在活动，
它们是天神们的面孔；
我的拱顶下一片模糊的犬吠声；
看不见的路人的话音彼此呼应；
教士窥伺我可怕的墙壁，
有时以为在幽暗的圣殿深处，
在一只睡觉的狗的旁边，
坐着伟大的女猎人，光彩夺目，神态庄严，
她在思索，眼神有森林的微光。
啊，时光，我藐视你。我这雄伟建筑，
你能对我产生什么影响？
一个个世纪使我的声名更加远扬；
我听见民众在四周呼喊：
你让我们祈祷，你让我们赞叹；

我们的子孙同我们一样对你崇拜，
对眼睛你是杰作，对灵魂你是圣殿！

4

当这个声音沉寂，在彼斯[1]附近，
另一个声音升起于卫城上空：

我是奥林匹斯的天神，我是宙斯；
凡生活，爱恋，思索，生长和呼吸的一切，
都在我主宰下生活，爱恋，思索，生长和呼吸，
香烟从我脚底袅袅升起，掺杂着一丝畏惧；
我的眉毛尖与地轴接触；
暴风雨掀起巨浪时先向我告诉，
我只知有一件事绝不可能，就是死亡，
我万古长存，永不衰老，绝无痛苦。
我的前额有曙光蔚蓝色与绯红色的光带，
黑暗望而后退，对它崇拜。
桀骜不驯狂放不羁的世人，
时光的水罐使你们黧黑，却把我洗净，

① 彼斯：希腊古代城市，估计与奥林匹亚为同一城市，奥林匹亚宙斯神像即在其附近，现仅存残迹。奥林匹亚位于希腊伯罗奔尼撒半岛。

在沉沉黑夜，时间的穹隆下面，
光阴一滴滴跌落消失，
世纪一个接一个逝去，
犹如飞鸟在天顶下飞离，
赫柏在我高空的玉宇更加年轻，满面春风，
岁月的接吻使我的青春再生。
为阻止塞柏拉斯[①]把星辰叼在口中，
我朝那充满三重犬吠的巨大山洞
慢慢放下我的权杖，
我的手顶得上天神们的全部力量；
能束缚它的只有永恒命运的链条；
我把庙宇的墙壁提供给鸣声婉转的鸟巢，
雅典的年迈雕塑家菲狄亚斯[②]
用苍鹰的飞翔和雷电的闪现，
用由于担心瓦解而颤抖的地狱的呼喊，
用冲击大地的狂啸的台风，
用密布天空的浓黑的乌云，
在庄严神圣的庙宇，
组成我无限肃穆的安宁。
在世界所讴歌的神圣天宇，

---

① 塞伯拉斯：看守地狱的三头犬。
② 菲狄亚斯：古希腊最杰出的雕刻家。

当衰弱的天籁归于沉寂，
我用一声惊雷把旋律赋予重霄；
我的头颅充满回声、光辉、眼睛，
是神采奕奕的农牧神光华夺目的岩洞；
人们看见我时仿佛听到
成熟的庄稼与繁华的城市的喧闹，
听到与天籁交混的深渊的声音，
大海的波涛，太空的疾风
和天鹅双翅的战栗，
人们感到只要朱庇特做个手势，
人的头脑就会变得混茫，
只有我能给灾祸的嘴把笼头套上，
深渊是我的七头蛇，我能让
地极与地极，星球与星球相撞，
让黑夜在光焰上行驶掀起黑浪，
让惊愕的天神们面面相觑，
这比一个牧羊人在枯干的山地
向啃草的羊羔扔一块石头还要轻而易举。

7

犹如合唱中一节节歌词加快，滔滔不断，

这些声音在黑暗混成一片。
空中花园不断重复地说：
白天向我们倾注光辉芳香爱情；
唯有我们是不朽的阳春；
我们的玫瑰是人类怒放的欢欣。
高傲的陵墓①说：我是悲痛，
我是大理石，庄严的洁白色令人起敬；
上天啊！我是伟大的王位，伟大的陵寝；
瞻仰我吧。我的泪珠灿如星辰。
海上的灯塔②说：智慧，就是我。
太阳神青铜像③说：我是力量。
“我呢，我是权力。”这声音发自宙斯神像。
受灵魂崇敬的以弗所神殿的三角楣
是艺术的楷模，它说道：我是美。
胡夫金字塔④大喊：我是永恒。
我看到在晨光熹微中，
金字塔显现巍峨深暗的身影。

---

① 高傲的陵墓：指摩索拉斯陵墓，位于小亚细亚，建于公元前4世纪，为加黑亚国王摩索拉斯之墓。

② 海上的灯塔：指埃及亚历山大城的灯塔，位于法罗斯岛上，已不复存在。

③ 太阳神青铜像：位于爱琴海的罗得岛上，该岛属希腊领土。

④ 胡夫金字塔：胡夫为古埃及第四王朝国王，所建的金字塔最大，位于开罗附近的吉萨。

它巍然耸立，灰白，恢宏，
上千个巨大台阶叠叠重重，
深深插入浩瀚的太空，
比汹涌的爱琴海卷起更多的波纹，
它的波涛永不为狂风吹动，
上面漂荡的不是轻舟，而是搁浅的世纪。
这座人造的山峰屹立在那里，
硕大无朋的身躯扰乱大自然的安谧；
它幽暗的巨大锥体遮盖天际；
羊群似的白云为它把羊毛挂披；
它基础下的沙漠犹如一张桌子；
它直插云霄，可怕的阶梯
似乎是黑夜奇特的入口处；
它仿佛是由黑暗构成的动人心魄的建筑；
在它身后的沙漠和棕榈树丛，
可看到另外两座壮观的金字塔身形；
犹如矮丘位于佩利翁山[①]的前面，
犹如幼狮偎依在雄狮身边，
它们身材低矮，这两座金字塔

① 佩利翁山：位于希腊。

在胡夫金字塔旁似乎微小胆怯；
有着人的形状的可怕苍鹰，
在胡夫金字塔上方盘旋飞行，
有时向整个大陆投放黑暗；
一群群无名的民众分散在平原，
在人们可望见其塔楼的模糊的城市，
每逢这些黑色坐山雕中的一只
在严冬飞过，凶猛，鲜血淋漓，
他们便大喊：“这是居鲁士！这是冈比西[①]！”
这些有翅膀的幽灵挥舞着
光华四射的闪电的布片，
仿佛为了在苍穹向上帝开战，
从雷电夺取来破旧衣衫。
胡夫金字塔看到它们飞过神情漠然。
一片云雾把它隐藏，但又让人看见；
晦暗的历史镌刻在它的台阶；
斯芬克司们把他们的子女放进它的墓穴，
狂风劲吹，岁月流逝；
这座建筑静止不动，在忧郁地沉思，
有时整个人类好似一座蚁穴，

① 居鲁士为古波斯帝国的创立者，冈比西为其子，继位为王。

手持金权杖的总督，握着酒神杖的祭司，
国王，平民，军团，战斗，垮掉的王权，
突然在它的侧面历历可见，
在乌云辽阔的裂缝之间。
一切在它的基础上浮动，成为分散的黑影；
胡夫金字塔一再说：我是永恒。

夜晚，这些人类的七大奇观，
在朦胧的光线中这样发言。

黑夜降临，从艾力农特向索多玛伸展①，
张开它的翅膀；波浪和它的岩石，
城市和它的城楼轮流在那里睡眠，
云雾笼罩一切，一片沉寂；
声音和喧哗止息；在伊利斯、
罗得岛、德尔塔，万物宁静，万籁俱寂，
一切终止。

1862年12月31日

① 艾力农特：作者虚构的城市名；索多姆：巴勒斯坦古代城市，《圣经》中说它由于堕落而遭天火烧毁。

宗教裁判所

“给火山进行洗礼这一古老的做法可上溯到征服美洲的最初年代。尼加拉瓜的所有火山于是都成为神圣，除莫莫通博火山[①]之外。凡受命前往莫莫通博竖立十字架的信徒，没有一人从那里生还。”

斯基埃：《南美游记》

莫莫通博火山的理由

觉得地震过于频繁地发生，
西班牙国王于是下令，
对王国疆域内的火山进行洗礼；
各座火山默默无言，听之任之，
唯有莫莫通博独自个不愿意。
教皇挑选的神父身穿白色法衣，

① 莫莫通博火山：位于尼加拉瓜西部。

为了替教会进行圣事，
登上这险恶的大山，仰望上天；
许多人去到那里，却无一人生还。

啊，年迈的莫莫通博，秃顶裸身的巨人，
你在海边沉思，让火焰与烟雾腾空
的火山口成为大地的三重冕，
请回答，当我们来到你可怕的门槛，
你为何不接受给你送去的上帝？

火山停止喷吐熔岩，
莫莫通博用庄严的语调发言：

我极不喜欢已被人们赶走的神明。
这个吝啬鬼在深沟埋藏黄金；
他吞下人的肉体；他的血盆大嘴
由于吃肉饮血而成为黢黑。
他的洞穴是坟墓般的教堂，地面污秽，
大祭司是刽子手，在内安睡；
骸骨在他脚下露出狰狞笑容，
他十分凶残，嗜血成性，
他既丑又聋，毒蛇握在手里，

无时不有尸体在利齿间鲜血淋漓；
这个幽灵使壮丽的天宇一片昏暗，
我有时在深渊的底部斥责怒喊。
有些穿白袍的人从日出的东方
穿越汹涌的波涛来到这里，趾高气扬，
我好生款待，觉得他们很有理性。
“他们的灵魂肯定和皮肤一样白净。”
我说，“这些白人如同蓝天一样，
他们的天神必定非常慈祥，
人们决不会看到他天性凶残。”
我痛恨以前的祭司，于是感到欣然；
但我看到新来的神父的种种罪恶，
看到你们所称呼的神圣的宗教裁判所，
这个凶恶凄惨永不熄灭的火炬在燃烧，
熊熊的火焰竟和我一般高，
当我看到托克麻达[1]如何滥施淫威，
以便叫黎民摆脱愚昧，
他是如何教人开化，圣职部
又用什么手段把文化传播，光明散布，
当我看到在利马[2]粗大可怕的柳条

① 托克麻达：15世纪西班牙宗教裁判所的大法官，以残忍著称。
② 利马：智利首都。

在堆满儿童的巨大炭火上噼啪燃烧，
火焰吞吐没了生命，滚滚浓烟
在被烧妇女的乳房缭绕，
你们的火刑发出呛人的臭气，
我有时都感到几乎要被窒息，
而我在炉中除了黑暗不烧其他事物
我发现当初感到欣喜是极大错误；
我仔细观察你们外国的天神，
我要说："根本用不着改换门庭。"

1859年2月6日

大海探险者之歌

从奥特朗托海峡[1]启程，
　　我们是三十个人；
但到了加的斯[2]，
　　只剩下十名。

多佛[3]的水手托姆·罗宾，
在墨西拿海峡[4]抛弃我们，
因为大天使把撒旦拘禁，
他要去把他探寻，
不料埃特纳火山一个呵欠，
张开了大口血盆。

从奥特朗托海峡启程，

---

① 奥特朗托海峡：位于亚得里亚海南端。
② 加的斯：西班牙城市。
③ 多佛：英国港口城市。
④ 墨西拿海峡：位于意大利南部。

　　我们是三十个人；
但到了加的斯，
　　只剩下十名。

在卡拉布里亚[1]，一个塔兰托女人
使斯庇塔方加玛发疯；
在加埃塔，阿斯卡尼
为遇到米开莱玛而欢欣；
爱情打开它的牢笼，
婚姻于是把他囚禁。

从奥特朗托海峡启程，
　　我们是三十个人；
但到了加的斯，
　　只剩下十名。

在那不勒斯[2]，马其顿的埃比得
被吊死，因为他是个泼皮。
安东尼在卡普里岛[3]被捕，

---

① 卡拉布里亚：意大利西南一地区。
② 那不勒斯：意大利城市，位于第勒尼安海滨。
③ 卡普里岛：位于第勒尼安海，属意大利。

为了一枚金币而做苦役！
在马耳他[①]，奥伐尼当了修士，
高博扮丑角出场演戏。

从奥特朗托海峡启程，
　　我们是三十个人；
但到了加的斯，
　　只剩下十名。

其他损失：帕维亚[②]的安德莱，
在利帕里群岛[③]被土耳其人带去，
他万万没有想到，
会住进土耳其贵族的府第，
以前他遭人蔑视，
如今品德高尚地度日。

从奥特朗托海峡启程，
　　我们是三十个人；
但到了加的斯，

① 马耳他：地中海小岛。
② 帕维亚：意大利北部城市。
③ 利帕里群岛：位于第勒尼安海，属意大利。

只剩下十名。

接着无所顾忌的三人，
从不把法律，上帝，国王放在眼中，
为了报效欧仁亲王[1]，
也为了向马扎然[2]效忠，
帮助福昂特把热那亚占领，
帮助阿尔库尔攻取都灵[3]。

从奥特朗托海峡启程，
我们是三十个人；
但到了加的斯，
只剩下十名。

我们驶往里窝那[4]时遇见
斯彼诺拉[5]的二十艘帆船。
多漂亮的一仗！十四艘炮艇
和六艘双桅战船参战。

---

① 欧仁亲王：18世纪法国著名将领。
② 马扎然：意大利人，红衣主教，被法国国王路易十三任命为首相。
③ 阿尔库尔为17世纪法国著名将领；都灵为意大利城市。
④ 里窝那：意大利城市。
⑤ 斯彼诺拉：16世纪西班牙海军司令。

但一听到我们的桨声，
整个舰队立即飞蹿！

从奥特朗托海峡启程，
　　我们是三十个人；
但到了加的斯，
　　只剩下十名。

我们在拉卡德圣母院，
弄到一幅油画精美绝伦；
吕卡·加沃罗漫不经心，
在普里昂基罗得到他的女人；
天使对此进行提防，
把这恶棍扔入水中。

从奥特朗托海峡启程，
　　我们是三十个人；
但到了加的斯，
　　只剩下十名。

为了追随柏斯开[①]将军，

① 柏斯开：16世纪西班牙著名将领。

八人在帕尔马[1]相继离开我们
但我们的军心没有动摇，
一日也没有中断航行。
在阿尔及尔打了一仗，
在直布罗陀说爱谈情。

从奥特朗托海峡启程，
　　我们是三十个人；
但到了加的斯，
　　只剩下十名。

我们十人攻占一座城市，
还有国王本人！这时
作为港口主人和海岛统治者，
我们不知该如何治理，
于是用彬彬有礼的方式，
又向国王交还城市。

从奥特朗托海峡启程，
　　我们是三十个人；

① 帕尔马：西班牙马略卡岛首府。

但到了加的斯，
　　只剩下十名。

我的九个幸运伴侣
被封为卡斯蒂利亚①的公爵和贵族，
他们去到塞维利亚②，
娶的妻子都是贵妇。
国王问我：“你想不想同公主结婚？”
我对他说：“陛下，谢谢您的盛情。”

从奥特朗托海峡启程，
　　我们是三十个人；
但到了加的斯，
　　只剩下十名。

在波涛滚滚的远方，
冬夜里海浪轰响，
那里有我黑眼睛的美丽姑娘，
她微笑时妩媚而高傲，
她每晚在黑暗中歌唱，

① 卡斯蒂利亚：西班牙地名。
② 塞维利亚：西班牙地名。

去到海边把我盼望。

从奥特朗托海峡启程，
　　我们是三十个人；
但到了加的斯，
　　只剩下十名。

我在费耶松有心上人。
那里拴住我的心灵。
海风清爽，海水颤动，
我一定要返回家中。
噢，国王，您的女儿拥有王冠，
我的心上人有美丽的姿容！

从奥特朗托海峡启程，
　　我们是三十个人；
但到了加的斯，
　　只剩下十名。

1840年10月29日

海边的农民

1

住在海滨的可怜农民，
每到冬天海水上升，
　　夜晚降临，
总来到大地边缘，
把神秘的浪涛观看，
　　谛听海浪轰然。

他们把浩瀚的大海探测；
他们想到暗礁多么险恶，
　　多么专横；
面色苍白的孤女独自一人，
在呼叫：啊，我的父亲！
　　祖母在喊：我的孩子们！

母亲弯腰仔细谛听；
戴白巾的寡妇久久哭恸，
　　然后才凄然离去。
浪涛使这些心灵惊悸，
她们在你幽深的手中战栗，
　　啊，上帝。

她们心爱的亲人都在何方？
她们心惊胆战。夜色迷茫，
　　把金星藏起；
海洋的迷雾使她们忧虑，
海滩涌来的白沫
　　把她们的赤脚泡湿。

澎湃的波涛和茫茫的黑暗，
进行着残酷激烈的交战，
　　千孔百洞的岩石，
与形形色色的梦幻相似，
人们探望，人们寻思，不知
　　它们在窃窃私语。

有的女子颤抖，有的企盼，

海风犹如毒蛇一般。
　　她们把上帝思念，
是他决定渔船漂泊或沉陷，
他让万顷碧波变成
　　幽黑的深渊。

2

雨水打湿她们的发辫，
她们心怀希望又焦灼不安，
　　两者在一起交织。
所有这些提心吊胆的女子
唉，让她们的心灵随着
　　黑色怒涛飞驰。

每人都在地平面，
按照自己的心愿
　　看到一些幻景。
惊涛如羊群跳跳蹦蹦，
它们的羊毛使海滨
　　成为一片白色。

心忧如焚的人群涕泣涟涟。
在这幽暗的无边深渊，
　　有海鸥掠过，
这团黑影好似是活的，
恐怖如咩咩叫的羊羔
　　从那里穿过。

啊，这大海极其凶恶，
可怕的西风唱着悲歌，
　　卷起恶浪滔滔，
它如同在吹奏军号，
常在圣马洛[①]的灯塔
　　放声怒吼。

3

在海上常常看见，
不是灯塔而是雷电
　　在天空光芒闪闪，
在浊浪排空的海面，

① 圣马洛：法国西部城市，濒临大西洋。

单桅帆船如幽灵一般，
　　在电光中闪现。

颤抖吧。当死亡这艘巨船
用船桨击打海面，
　　它叫声凄厉，
幽灵这个猎人吹起
它黑色的铜号，
　　木船顿时惊惧。

三桅帆船多么不幸，
竟遇到可憎的大帆船！
　　啊，黑夜！恐怖！
整艘船在颤动，
警钟怀着惊恐，
　　在船首响鸣。

这是荷兰人号[①]！这飞舟
有火焰闪耀的触头！
　　受惩罚的小船！

① 荷兰人号：传说中的一艘幽灵船。（原注）

这是罪恶的船帆！
这是无限辽阔的海上
　　凶险的海盗船！

昨天它仍在天涯海角
而今到了这里！它是坟墓和监牢，
　　永无休止地飞奔。
该隐在船尾做梦，
犹大在船首苦自思考，
　　他从不做祈祷。

为让一个岛屿在地狱般
的惊涛骇浪中崩陷，
　　只要它在那里露面；
它在漆黑的夜里逃窜，
狂风暴雨如一条锁链，
　　缠住这苦役犯。

它使波涛变成鬣狗。
当地狱在雷电中吐出
　　这邪恶的放火船，
把海浪击为齑粉，

人们还希望水手们
　　能怎么办?

那双桅帆船多么凄凉,
穿过它的骨架投放
　　白色的光焰;
浪涛汹涌令人骇然,
惊恐的深渊观看
　　这景象如梦如幻。

捍卫陆地的岩石说:
"滚开,远离人群者!
　　魔鬼,滚蛋!"
人们从他们的茅屋听见
这些石头猎犬狺狺怒喊,
　　跟在撒旦后面。

女人们在岸边沙滩,
相互谈论梦想的帆船,
　　心惊胆战。
船上一片听不清的喧嚷;
后面是追逐的波浪,

　　上面鲜血流淌。

4

人们低声交谈，
说经过的那艘黑船
　　由花岗岩造成，
船上什么都不活动；
船帆索具都是赤铁打造，
　　桅杆在嘶鸣。

人们开始进行祈祷，
茂密的林木，灯芯草，
　　和欧石楠，
猎猎长风，滚滚狂澜，
都在这茫茫黑暗里发出
　　模糊的呼喊。

5

千百年的礁石
在暴风雨中发出

　　雷鸣般的声音；
好似这秋天的夜空
有门巨大的火炮
　　在大西洋轰鸣。

黑暗中狂暴弥漫。
啊，混乱！惊愕的波澜，
　　海角浪花飞溅，
母亲们向狂风哀求，
呼啸的波涛在黑渊
　　彼此吞咽！

如同疯子拖着他的锁链，
海水向坚硬的礁石呼喊，
　　发泄仇恨；
岩石对它的叫嚷充耳不闻，
额头仰向灰白的浮云，
　　陷入思忖。

海洋让狂涛戏弄的小船，
让折断的桅杆，
　　损坏的舵柄，

让可恶的黑夜捆在
它的发辫的船帆，
　　一齐沉陷。

幽暗的峭壁上面，
格朗维尔的渔家女在寒风中
　　提心吊胆，
冉冉升起的太阳，
你却在地球的另一端，
　　在波涛上笑容满面！

1854年3月1日

爱

啊！你这位解放者逐步敲断

啊！你这位解放者逐步敲断
愚昧与苦难这双重的黑暗锁链，
你这位清扫工让清风吹走偏见，
啊！进步，你这位不屈不挠永不停息
的步行者，用光芒使凡夫俗子目眩，
拆毁断头台，禁止战争发言，
随着世风推移而删改法律，
使伊特鲁立亚[①]语变为罗马语，高卢[②]语变为法语，
制造与粉碎谎言，不断用这个把另一个攻击，排除，
你是走路迅速而坚定的使徒，
你火热的气息使困惑的人醒豁。
怎么！你是热情焕发，闪闪发亮的破坏者，

① 伊特鲁立亚：意大利古地区名。
② 高卢：古地名，包括今法国、比利时等地。

摧垮古代的洞穴与古代的监牢，
却只能将一个地极的冰川融消！
啊！革命，这些光明的大天使，
它们能提高灵魂的水平，
它们只要扫过就能创造新的天空。
啊！它们是纯真理想的游荡的彗星，
行侠仗义的战士，打遍天下的征服者，
怎么！它们仅让一半人民把自由获得！
另外最神圣的一半仍戴着枷锁。

温柔的鸟儿们在溪涧齐鸣婉转，
人们何时打开禁锢凄惨爱情的门闩？
啊！黑暗中的夜莺，阳光下的云雀，
麻雀，你们这些小麦、黑麦、大麦
的掠夺者，红喉雀，你们这些蓝天的情人，
从黎明飞翔到夜晚的黄莺，
你们看到，当温柔的心灵向往碧空，
穿过浓枝密叶向上飞腾，
空中的大门突然关紧，
你们看到在往昔年代的可憎鸟笼，
我们的努力总是落空，总又身陷其中，
可怜的人类灵魂仍被它卡着一只翅膀，

这一切，必然引起你们悲伤！
啊！自由的鸟儿，骄傲，可爱，纯洁，无忧无虑，
你们对曙光、鲜花、星辰、夜晚发问：
作为人类，他们难道不能相爱相亲？

上帝显现的黎明，以上帝命名的星辰，
让它最温柔的叹息从夜莺
的鸟巢落入猫头鹰窝内的夜晚，
在阳光中芬芳弥漫的花丛，
芳草，清溪，卵石都对你们回答，
以人们难以表现的温柔语调：
万物生来就为了相爱，啊！善良的小鸟！

（手稿无日期）

瞧他们蹲在沙石或青草上玩耍

瞧他们蹲在沙石或青草上玩耍，
四周是柔软如茵的鲜花；
一个拖着车，另一个手握铁铲。
天堂和他们说话，婚姻把他们呼唤。
六岁的时而拍打一下三岁的孩童，

然后到了年龄，他们走在凉爽的曲径，
她六岁，他九岁；俩人结婚；
曙光和春天多么妩媚迷人；
林中的麻雀彼此追逐求爱，
使两个孩子在树荫间产生爱情。
又过了一年或两年，姑娘们
突然变得娇羞怯生，口中说不行，
她们感到嘴唇上贴紧甜蜜的吻；
噢，母亲们，你们要当心！情欲在心灵萌生，
这是只野鸟，没有法律，没有约束，没有规则，
开始时犹如白鸽，结束时成了苍鹰。
没有关系，这很美妙。丘比特曾是男婴，
皮刺摩斯不知道提斯柏是男人还是女人。①
贝蕾妮丝②和提杜斯一道玩三毛球。
美好的年华，爱情在这时仍多么稚幼！

1878年6月25日

① 据希腊神话，皮刺摩斯是小亚细亚河神，他与河川神女提斯柏相恋。
② 贝蕾妮丝：公元前1世纪犹太公主，被罗马帝国皇太子提杜斯带往罗马。

快快畅饮，用自由的脚走在大地！

快快畅饮，用自由的脚走在大地！
贺拉斯[1]这样说过；在台伯河[2]边确是如此，
在塞纳河边也是一样；贺拉斯又说，
现在让我们想念爱情，而我说：永远！
朋友们！朋友们！朋友们！让我们成为兄弟！
光荣归于美女，不论有无着衣！滚开，黑夜！
青年时光来临，前额带着朝霞，
步履轻盈迅速，使岁月焕然一新，
碧空明净如洗，对麻木的大地露出笑容，
欢畅地以春天这优美的乐曲开始。
鸟巢们、欢唱吧！鲜花们，在池塘、
沟渠、田野、细谷、森林里快快开放！
我以前在弗扬蒂看到的金色花蕾，
快快生长！田旋花、大蔷薇花、丁香、
鸢尾、铃兰、雏菊、茉莉，快快怒放！
五月这孩童用双手鼓掌，
你们快快生长，他在把你们召唤。
他想把大地和教堂用你们装点，

① 贺拉斯：公元前1世纪著名的拉丁语诗人。
② 台伯河：意大利河流，流过罗马市。

让人类的头上戴上花环。
四月名叫爱情，六月名叫结婚，
鲜花谢后结出美果。黄莺，快快筑巢！
你们这样干时，少女们在梦想欢笑。
飞鸟们，做出榜样！目光充满柔情的处女
在注视你们，她们同你们一样长有双翅。
我信步徜徉；和煦的风吹动树林，
我观看风流的蝴蝶在花丛上调情的情景，
百合向熊蜂倾身，听他诉说，
神情仿佛在喊：啊！你向我谈得太多！
浓荫中有帐篷颤动的声响，
把情人隐藏；大自然喜气洋洋；
到处孕育着丰收；若暴风雨来临，
若闪电这位蛇发女魔
在远方的天际轰鸣，
那些诱惑力、叹息、接吻并不惊恐。
繁花似锦的山谷好似香烟袅袅的香炉。
有人到处点火，从云端到树木，
从天上到地下都在着火；
草地如火山口光芒四射，
到处是通红的花朵；一切在燃烧，发光，
自然界轰轰隆隆，沸沸扬扬，

如大锅中的水一样完全沸腾，
万物都在欢笑，太阳就是那放火的人。
啊！这蔚蓝的空间洋溢何其广阔的欢乐！
到将来却必须与这曙光永别。
唉！这欢乐的节日最后风流云散。
我们不愿接受而把头掉转，
想把流逝的每一小时拉住，
然而没有什么能使未来步伐减缓，
它不征得同意便降临人间
让我们记住，“明天”是个背叛者，
既然拥有“今天”，我们要及时行乐。
溪水歌唱着流动，给我们上了一课，
让生命歌唱着逝去。空中弥漫甘甜，
花卉的种子把地衣遮满，
人生如幻影；无人能说出我们
为什么在地球上生活。好吧，让我说明，
是为了相爱。上帝创造我们
是为了在这晦暗的星球培育一点爱情，
让我们的心中升起一颗星辰。
成双成对，这是规律。乌鸫，这些嘲笑者，
同忠实的野鸽一样把它遵循。
大自然用如此强劲的翅膀

同时在各地拼命地扇动
海洋、苍天、田野和森林的生命，
是为了达到它的目的，使夫妇产生。
橡树坚挺而树枝柔软，
是因为鸟巢在蓝天中需要
枝条细嫩，树木可靠。
贞洁的茫茫黑暗也有森林之神。
男人追求，处女期待，妇人吸引；
勒安得耳需要赫洛[①]，曼侬需要格列厄[②]，
你们这些神秘的活人对此都该晓得。
给痛苦的心灵以宁静，忧郁的人们以欢乐！
那绚烂的玫瑰多令人神醉！

（手稿无日期，估计写于1870年后）

① 据希腊神话，勒安得耳为一少年，爱上海峡对岸的女祭司赫洛，每夜都泅渡海峡同她幽会。勒安得耳在一个暴风雨之夜渡海时丧生。

② 曼侬与格列厄为18世纪法国小说《曼侬·列斯戈》的男女主人公。

致 人 类

倘若你为了前进而向前行走，
很好；人类四处活动，这是他的追求；
正由于到处漂泊，不停寻探，
欧拉①找到规律，哥伦布把新大陆发现。
不过，你若幻想绝对真理，想掌握上帝，
犹如抓住一个逃兵的头发，
你若企图对万物穷根究底，
站在天主教徒的耶和华和异教徒的乌刺诺斯②
这万物的最终根源面前说：
“可怕的现实，我终于把你掌握！”
你这是枉费心机。

啊！不论夏娃的哪个子孙，
你不断调整各种运算，以适合你的幻梦，

① 欧拉：18世纪瑞士杰出数学家，对数学的发展做出很大贡献。
② 乌刺诺斯：远古的最高神祇，天的体现者。

在假设中增添望远镜，
数字上又把数字堆砌，足可遮盖
阿索斯，维苏威，腼腆的勃朗峰①。
你登上火山口或下到高炉炉身，
进行搜寻，挖掘，攀登，入地飞天，
让冈拜②制造越来越大的镜片，
窥探万物，和苍鹰一道翱翔，像螃蟹一样爬行，
相信一切，怀疑一切，学习希伯来语、阿拉伯文、
汉语，成为印度教、希腊正教、佛教的教民，
算了，你决不能抓住任何事物的起因。
追求真，就是寻找根本找不到的事物。
真，这个产生一切无稽之谈的基础，
就是永远遁入黑夜的自然界。
望远镜在浩茫暗空把它追寻，
显微镜在海洋把它紧跟；
它是永恒的，无法捕获，无法接近，
在天宇和下界同样浩瀚无垠，
到处可看到它令人惊恐的面孔；
孤菌③的幽灵可和太阳的幽灵匹敌；

① 阿索斯：希腊山名；维苏威：意大利火山；勃朗峰：阿尔卑斯山最高峰。
② 冈拜：19世纪法国光学家。（原注）
③ 孤菌：一种微生物。

比星辰更深奥的世界就是原子；
在思想家眼下，无限小
置于无限大之上，可以把它淹掉；
然后无限大升起，又把无限小吞没。
可怕的母亲和可怕的处女，
用她的黑暗使白天绵绵延续，
使她的童贞不断成为母亲，
大自然贞洁而淫荡，向忧郁的毕达哥拉斯[①]们
展现幽暗的腹部，曙光便从中射出，
一切都已注定的自然界发狂地产生混乱，
从中迸发出这条规律，元素。
它是上天下界，无边的黑暗，万物之祖；
纷纭万象都是它自身，它是唯一的物质，
世界就是自然；灵魂，人们称之为上帝。
宇宙中的一切，不论什么，都是中间事物；
没有入口，没有出口，没有任何门户；
人类就在这里。——因而忧郁的探索者幻灭；
因而犹太人的上天接续罗马人的上天；
因而人类这分散各地的幻想家
随时听到新生的宗教信仰呱呱哭喊；

① 毕达哥拉斯：公元前6世纪希腊数学家，认为宇宙的根源是抽象的数。

因而人类陷于如此纷杂的喧哗，
他在梦想，探测空间，想要一个支撑点，
因为畏惧在周围制造悲剧的黑暗；
因而弥赛亚[1]被使徒驱赶，
婆罗门，大衮，巴力，奥丁，安拉，毗湿奴，梵天[2]，
虽然曾让善男信女顶礼膜拜，
终于一个接一个垮台。
偶像崇拜已经失败。它在整个世间，
尤其是各社会底层，进行崇高试验，
结果都成为梦幻，徒劳无益，
总是为同一的虚无创造同一的上帝。

*

这上帝确实存在。不过在它三重面纱下面，
望远镜的前进使星辰退却。
这巨大的退却是神圣的规律。
辛勤劳作的人跨着大步，
目标就是前进，肩扛挪亚方舟；

① 弥赛亚：犹太人期望中的复国救主。

② 大衮为腓尼基宗教神话中巴力神的父亲，原为家神；巴力为迦南宗教的丰产神；奥丁为斯堪的纳维亚信奉的神明；安拉为伊斯兰教信奉的唯一天神；毗湿奴与梵天均为婆罗门教与印度教的创造之神。

不为达到目的，仅仅为了向前走，
无限就是它的火炬，
这前进越过坟墓而继续下去。
这就是“进步”。人类永不会止步休憩，
他们追求一个偶像，找到的却是其他东西。
他们寻找“灵魂”，但它逃遁；前进，永远前进！

*

穆罕默德，耶稣，沉寂的洞穴，杜达泰斯[①]，
森林，袄教僧侣，德洛伊教祭司[②]，
还有那些由阿波罗晓以大量神谕的狂热贤哲，
洒满小牛热气腾腾鲜血的庙宇，
他们只能发出一些呼喊和模糊的言语。
所有崇拜偶像的人的最终收获就是“差不多”。
揭示的真理已成畸形，被追求它的努力歪曲，
不论今日的胎儿以多么骄傲的目光
看待昨日的胚胎，不论俄耳甫斯
激起克律索忒弥斯[③]何种蔑视，

① 杜达泰斯：古代高卢人信奉的神明。

② 袄教即拜火教，流行于古代波斯、中亚等地；德洛伊教为古代高卢人信奉的一种宗教。

③ 克律索忒弥斯：希腊神话中阿伽门农的女儿。

不论《古兰经》对《诗篇》[1]多看不起，
不论耶和华在朱庇特身边力图干些什么，
不论胡斯做了什么而孕育了路德，[2]
不论祭台肯定什么，神父歌颂什么，
伟大的终极真理不可能由宗教掌握，
上帝隐藏于茫茫黑暗之中，
而宗教永远处于分娩前的阵痛。

1875年9月6日

正因为这些晦暗的事情萦绕心中，
正因为我从废墟看到黎明，
从王位看到邪恶，从祭台看到黑夜，
正因为我探究消失的一切，
冒犯一切执政的权力，同情苦难大众，
我质问深渊，而我自己也是深洞；
正因为我知道光芒会欺骗，声音在说谎，
我有时像严酷的祆教僧侣一样，
想指责产生异象的上天
发出惊人的雷鸣与耀眼的闪电；
正因为我的心灵探索自己的途径，

① 《诗篇》为《圣经》中的一章。
② 胡斯：约翰·胡斯，捷克爱国者和宗教改革家，1415年被天主教会处以火刑；路德：即马丁·路德，16世纪德国宗教改革运动的发起者。

只有当神灵具有人性才把它承认；
正因为我怀有这些奇妙的梦幻，
我才前往那无法接近的地点，
前往密林深处，水涯山巅，
在那里能更清楚听到绝境中灵魂的呼喊；
在那里我的心灵更深地潜入一些思想，
它们虽然可怕，却熠熠发光。
深思，这是伟大的神秘责任；
心灵的梦境大开着有如眼睛；
我梦想和幽思，因而我好像
监视突然闪现的光芒的人一样，
只住在荒漠而不是城市；
因而我作为与法律抗争的人权的仆从，
把萎靡的城市在身后抛弃，
那里美女成群，鲜花遍地，芳香融聚，
我离开笑语声喧大张盛筵，
沉湎歌舞灯火不灭的宫殿，
我逃去，舍弃这一切花天酒地的生活，
宁肯栖身激流岸边，夏日贤哲
在那里用手掌把河水捧饮，
狮子便在对岸巡行。

1876年10月11日

世界的变化

荷马是以前时代的诗人，那时战争
就是法则；衰老属于凡夫俗子的心灵；
世人匆匆忙忙，唯一的努力
就是可悲地和死亡拥抱在一起。
神明能给予人们最好的事物，
就是摆脱罗马的大裹尸布，
或埋葬斯巴达及其法律的神圣墓茔；
未涉世的少年踊跃去建立战功，
争着更快地把坟墓的入口开穿。
甘心情愿冒这种高傲的风险。
死亡时获得光荣，真是崇高的礼品！
奥德修斯[1]看穿阿喀琉斯在发颤；
一个女子把他的长袍整个揭穿，

---

① 奥德修斯为希腊神话中的英雄，以足智多谋著称。阿喀琉斯亦为希腊神话英雄，预言家说他将战死于特洛伊城下，他遂化装为女子，隐身于爱琴海小岛斯库洛斯岛，后被识破而不得不前往特洛伊参战，屡建奇功，后来战死，以下几行诗即用此典。

众人叫喊：这正是从我们这里偷走的首领！
斯库洛斯岛上的刚健少女，
是英雄们命中注定的庄严面具。
男子是刀剑的忠实的未婚夫，
缪斯身旁始终有秃鹫守护；
冷酷的她把这个掘墓者带往战地；
她那时大力讴歌恐怖的行径；
她是崇尚恶行的巨人，猛虎般的女神，
希腊天空中巨大的乌云。
她向重霄发出绝望的呼叫：
“屠杀！屠杀！屠杀！快快死掉！”
她啃咬高头大马的后臀，
头发披散在风中，对巨人般的英雄
和天神般的世人拥抱十分惶恐；
她把地狱注入战士们的眼睛，
把雷电注入埃阿斯①的剑鞘，
给赫克托尔②的脚拴上腰带，在特洛伊拖着跑。
当战士被呼啸的标枪击中，
脸色惨白地倒下，肋部鲜血喷涌，

①②埃阿斯与赫克托尔均为希腊神话中特洛伊战争的著名英雄，两人对阵，打得难解难分，被神祇制止而和解，埃阿斯送赫克托尔一条腰带，赫克托尔回送一把宝剑。作者此处反其意而用之。

当长矛把他有幽黑皱褶的面罩击穿，
头颅裂开，犹如黢黑的骨灰罐，
毒蛇顺着他的手臂往上爬行，
当奥林匹斯山上喊声震天，刀枪交锋，
她凄厉镇静，引吭高歌，猛兽般的嘴巴
把鲜血唾入呜咽的喇叭！
头盔、城楼、伤员、帐篷，
壕沟中黑压压的一片死人，
如波涛滚滚的马车，长矛利剑，飘扬的旗帜，
都随着她强劲的呼气而飞驰！
缪斯在今日就是和平，腰间
没有铠甲，额头有祥和的麦穗包缠；
诗人对死亡说：死去吧，嫉妒，黑暗，战争！
温柔地敦促人珍惜生命，
人们看到泪水从他的诗行
一滴滴洒落在儿童、妇女和鲜花身上，
星星从他飞翔的诗句喷涌，
他的歌声使植物幼芽萌生，
他的梦想由霞光装点，在爱情中，
他的嘴在歌唱，微笑，充满光明。

1856年6月10日

黑暗的过去，你依然在威胁，
口出狂言，挥舞拳头，但已徒然。
你逃窜而去。一切了结。民众知道
你今后炮制的可憎计划必将破产，
如今已是黎明，战争违反天意，
他们必须互助互爱，因为他们自己的背叛
和卑怯始终给自己带来悲惨；
我们的未来出自我们现在的所作所为。
我虽被放逐，仍为神圣时代的诞生奋战，
那时人们有更多的思想而不是恐惧，
安详地静观黎明，以便仰望蓝天，
彻底地把地狱从心灵驱赶。

1877年2月11日

街道与园林之歌（选）

李恒基　译

马[①]

我早已经抓住缰绳，
握紧绳结尽力地拉，
我的眉心堆起皱纹，
竟已累得头晕眼花。

这是一匹煌煌大马，
如战神[②]也生于海洋，
黎明供它饮用朝霞，
流光注入晶莹巨觞。

它举蹄如大鹏展翅，
兀立时它伟岸桀骜，
山山回荡悠悠马嘶，
碧空响彻它的长啸。

---

① 这首诗作于1859年7月31日；1865年10月发表时添进十六节（即6—8节，10—7节，20—22节以及32节和35节）。

② 战神：闪米特人神话中司胜利及繁荣的女神。

各路神仙托起金杯，
举着火炬驰过天际，
威风凛凛端坐马背；
神马就是他们的坐骑。

大地啊，看星光四射
点缀着它的灿烂鞍辔，
这都是历代诗人先哲，
你能辨认他们的光辉。

它的呼吸是歌是诗，
吟出人间千劫百难，
刀剑出鞘厮杀不止，
君王从来狠毒凶残。

它用蹄踏出清清水潭，
让泉水从石缝中涌现：
希腊人称之为“马泉”[①]，
希伯来人欣逢拉菲淀[②]。

---

① 希腊埃里康山中有“马泉”，相传为诗神坐骑蹴就，永不干涸的“马泉”于是被喻为诗的灵感。

② 据《圣经·出埃及记》载，摩西率众回以色列，途经西恩沙漠，干渴难忍，上帝即凿拉菲淀。

它历尽人世间的浩劫，
黯然惨然背负死亡，
它张开云雾般的双翼，
遮掩德诺多斯[①]的月光。

阿莫斯[②]的呐喊，阿基勒[③]的怒呼，
都化作它雷鸣般的鼻息。
埃斯库罗斯[④]诗行的音步，
声声符合马蹄的敲击。

它让树为死果低垂，
像慈母为亡儿哀泣，
悲愤的拉谢和尼奥贝，[⑤]
经它点化都变成顽石。

---

① 德诺多斯：爱琴海中的岛屿。古罗马诗人维吉尔的史诗《埃涅阿斯纪》中曾写道："阿戈斯人队伍趁月黑人静，从德诺多斯岛艨艟齐发……"（《埃涅阿斯纪》第254及255行）此处雨果或许借用这个典故。

② 阿莫斯：古代以色列预言家。生于公元前8世纪。

③ 阿基勒：荷马史诗《伊利亚特》中的勇士，因友人被特洛伊守将埃克托所杀，怒而击杀埃克托。

④ 埃斯库罗斯：公元前525—456，古希腊悲剧诗人。

⑤ 拉谢：《旧约》中雅谷之妻，生第二个儿子时难产而死。后其子遭敌方杀害，她的鬼魂哀哭不已，声撼山岳。尼奥贝：希腊神话中的弗里吉亚王后，生有七子七女均遭阿波罗等仇杀，悲愤至极，化作石头。

奔跑时目标是它思想，
止步时长鬃飘飘如旗，
只见它前蹄激奋高扬，
无所不能之门已开启。

它敢于同闪电赛跑，
把品都和安度走遍，[1]
凭它这股勇猛劲道，
足可顶替熊拉金辇[2]。

它钻进黑沉沉的天外，
谁敢较量它都奉陪，
黄道十二宫如轮滚来，
差一点把它碾得粉碎。

上帝为它开凿黑洞，
让它横行七重高天，
它的身影转瞬无踪，

① 品都：即品都山脉，在希腊半岛西侧；安度：即安度城，在地中海东岸。相传以色列王萨乌尔曾在此城遇占卜女子，预言他将遭灭顶之灾，后应验。

② 西俗称北斗七星为大熊星座。前三星为大熊，后四星为金辇；七星围北斗而转乃熊拉金辇。

早已驰遍万壑千山。

昏黑无边的阴霾之间，
它奔腾着，快步如电，
它喜欢闯入重重黑暗，
直到夜尽处光明再现。

它那野性凌厉的眼睛，
咄咄逼视着芸芸众生，
它既经过天外旅行，
那目光就格外凶猛。

它只对一种人驯服，
只善待持琴的俊杰，
为俊杰它甘下深谷，
阅尽人间精神境界。

它的马厩既在仙境，
马夫也须仙骨神胎，
最初由奥尔菲[1]执勤，

① 奥尔菲：希腊神话中的歌神，相传为竖琴发明人。

最后的马夫叫谢尼埃[①]。

它统治着我们的魂魄，
艾泽希尔[②]在棕榈树下
将它侍奉，富贵的约伯[③]
为它铺草，扫除粪渣。

谁若斗胆把它惊扰，
与它嬉闹，必将倒霉！
它的脾气十分暴躁，
像秋风把草木尽摧。

多少人在它背上吓煞！
它最恨受到羁绊牵制。
它的功能是叱咤天下，
岂管背上有何等骑士！

它没有耐心，遑论慈悲，

① 谢尼埃：全名安德烈·谢尼埃，1762—1794，法国大革命时期诗人，曾热情欢呼革命，后因对恐怖政策不满而被杀。其诗具有希腊古典诗的韵味。

② 艾泽希尔：公元前627—570，犹太四大预言家之一。

③ 约伯：《圣经》中有财有势的人物，且子孙满堂。上帝为了考验他，让他沦为赤贫的孤老，他无怨尤，虔诚始终。

狂奔中把马勒布朗什[①]
毫不容情地甩下马背，
吓得他顿失如簧巧舌。

汗珠在它的两胁闪烁，
戴斯普雷奥和坎迪里安[②]
捆住它两翼的绳索
早已被它截截挣断。

我沉思着，从幽幽深谷
牵出这大马，让它远离
罪恶、神仙、帝王和疾苦，
来到繁花如锦的草地。

我领它到肥沃的牧场，
那里的朝霞分外鲜妍，
多情的牧歌缠绵悠扬，
回荡在亲吻和欢笑间。

---

① 马勒布朗什：1638—1715，法国哲学家，曾与色胥埃舌战。

② 戴斯普雷奥：1636—1711，即古典主义文论家布瓦洛；坎迪里安：30—100，古罗马修辞学家。

小溪畔有苜蓿和蔷薇，
普劳特[①]和拉冈[②]来隐歇；
蔷薇多刺如普劳特措辞尖锐，
苜蓿三叶化作拉冈双韵三叠。

旭里欧神父[③]来此传道，
荆棘下有绿茵如碧，
如此鲜嫩的拳拳芳草，
引来色格雷[④]把歌谣采集。

这马却挣扎着，那目光
像双刃宝剑、土耳其弯刀；
它扇动着它的翅膀，
掀起一阵阵强劲狂飙。

它只想返回幽黑深壑，
向后退缩着伟岸身躯，
鼻孔喷吐熊熊的硫火，

① 普劳特：公元前254—前184，古罗马喜剧诗人。
② 拉冈：1589—1670，法国诗人，师承马莱伯，诗风清纯。
③ 旭里欧神父：1639—1720，法国诗人，多咏及时行乐。
④ 色格雷：1624—1701，法国诗人，多咏田园生活。

眼睛饱含人世的疑惧。

它昂首向着虚空嘶鸣，
向着苍茫嗷嗷求援，
令人敬畏的苍天呼应，
隆隆雷声势如席卷。

酒神的祭司拨动琴弦，
斯芬克司[1]们双目睁大
它们的脚趾一贯凶险，
如今更长出鹰爪尖甲。

高悬天边的灿烂星辰，
听到这嘶鸣不禁颤动，
像女子手中一盏孤灯，
火光摇曳在阵风之中。

每当它那双黑色翅膀，
拍打顿时昏暗的天空，
一团团星辰失去辉煌，

① 斯芬克司：神话中的狮身面怪兽。

都在茫茫中感到惊恐。

我紧紧抓住它的缰绳，
绝不松手，要它看看：
这梦幻的草地多迷人，
芳草下虫儿笑得多欢。

要它看看这田野绿荫，
六月和风吹拂的平川，
美丽的牧场如绣似锦，
所谓的天堂就在这边。

“汝欲何为？”维吉尔[①]问道。
“恩师，我牵天马放牧。”
回答时，我已从头到脚，
被神马吐沫湿透衣裤。

① 维吉尔：公元前70—前19，拉丁诗人。

花　月　令[1]

旗开得胜呀，朋友们！
乘这曙光初放，我要
赶制一篇全新的诗文，
来把胜利的消息传报。

我要登上高高山巅
吹响嘹亮悠扬的喇叭，
让人人都知道春天
已催开遍野丁香花。

雅娜[2]的脚不再怕冷，
伸进了温暖的拖鞋；
有一股暖流在升腾，

① 花月：法国大革命后共和历的第八个月，相当于公历4月20日或21日至5月19日或20日。

② 这不是雨果的孙女雅娜，因雅娜生于1869年，而这首诗作于1859年。显然，诗中的雅娜是雨果的另一位亲爱的，也许是他的密友朱丽叶·德鲁埃。

弥漫于蓝色的山野。

鸟儿啭鸣，羊儿欢叫
五月笑着追击寒冬：
一梭梭花弹打得好
看，到处已姹紫嫣红。

奥尔菲在树林

明月照临该斯特林，
奥尔菲在侧耳倾听；
黑影处有什么声音？
笑得这样令人心惊？

底庇斯女预言家富达
在菲加累城[1]的附近，
看到灿烂星空之下，
有黑舞女的婆娑身影。

埃斯库罗斯黄昏漫游
在西西里岛的密林边，
忽闻林中笛声悠悠，
月光洒落银鳞片片。

① 富达及菲加累城，均无考，大概是雨果杜撰的名字，使人联想到北非或中东一带的古代文明。

普里纽斯[1]悠然忘返，
皆因迷恋米莱水仙：
杂草掩映，他在偷看
仙女们出浴瑶池边。

普劳特在维泰勃[2]徜徉，
那里有明媚的果园；
他偶尔捡拾果子品尝，
神仙啃过应留仙缘。

凡尔赛风景优雅绝伦，
淘气的牧神嬉戏浅滩，
他给莫里哀送上诗韵，
让布瓦洛为俏巧惊叹。

幽魂们出示昏昏镜子，
供老年但丁从中照看：

① 普里纽斯：有两位普里纽斯青史名留。一位是老普里纽斯（公元23—79），罗马自然学家和海军将领，死于维苏威火山爆发，有三十七卷《自然史》传世。另一位是他的侄子小普里纽斯（公元62—114），罗马作家。但无论前者或后者均未到过米莱。

② 维泰勃：罗马城市，建于中世纪。死于公元前184年得普劳特不可能徜徉其间。

夕阳已下，枝丫参差，
一群群女子逃窜其间。

婀娜柳枝轻轻拂面，
谢尼埃眼前倩影浮动，
维吉尔迷恋过的玉肩
转瞬消失得无影无踪。

莎士比亚在树后窥探，
低垂的橡树仿佛入梦，
隐隐有声在林中飘散，
仿佛是谁在顿足捶胸。

哦，枝叶葳蕤，令我心醉！
这里一定居留着神道，
羊蹄精怪们成双成对，
在林木深处欢歌舞蹈。

诗人去踏青

1

踏青去，男伙伴，女伙伴！
孩子，凡乡间皆务农作，
我一律尊重，在北在南，
到夏天，都有烈日如火！

火！这就是全部的历史：
有四季枯荣、六欲七情，
以及我们倾心的宏旨，
也就是我们称为的理性。

狗无大小，能看家就行！
谁说芳草不登大雅之堂？
沃吉拉[①]亦有牧歌风情，

① 沃吉拉：原为巴黎郊区，1860年并入市区，为现在的巴黎十五区。

我让阿明达[①]在邦丹[②]咏唱。

自然对万物一视同仁，
葡萄颜色虽有紫有红，
是人把它们含义区分；
每种葡萄都有人赞颂。

牧歌唱的是方言方音，
不如听鸟儿在天歌吟；
牧歌把希腊形容如锦；
鸟儿却从不厚古薄今。

西西里和希腊的地名
再美再悦耳又有何用？
不能使倔毛驴更聪明，
也留不住爱情的芳踪。

塞夫勒[③]的鲜花同样娇艳，

① 阿明达：维吉尔《牧歌》中的“牧童”。
② 邦丹：巴黎东北郊。
③ 塞夫勒：位于巴黎西南，距巴黎两公里。

不比伊布拉山[1]的逊色，
蒙特娄叶[2]的蜜桃香甜，
也应有神龙守护其侧。

赤条条自然古今一样，
在黄昏星光的笼罩下，
班杜西[3]暮色纵然辉煌，
蒙费迈[4]晚景并不稍差。

贝西[5]亦能使七贤[6]陶醉，
奥德叶[7]本是丹碧[8]子孙，
伊达山[9]固然云掩翠微，
酒肆的雅座也解劳顿。

万物其实并不分高下，

---

① 伊布拉山：在西西里岛，以盛产花蜜著称。

② 蒙特娄叶：巴黎东郊。

③ 班杜西：罗马诗人贺拉斯曾咏唱班杜西的清泉。

④ 蒙费迈：位于塞纳-圣德尼区。

⑤ 贝西：原为贵族领地，有树木、古堡，后并入巴黎，为该市十二区，酒肆林立。

⑥ 七贤：指公元前6世纪七位古希腊著名诗人。

⑦ 奥德叶：今为巴黎十六区，旁有著名的布洛涅森林。

⑧ 丹碧：希腊奥林匹斯山的一个著名山谷。

⑨ 伊达山：在小亚细亚古代名城特洛伊附近。

泉水洗濯粗服和紫袍[①]；
伊夫里[②]和雅典的朝霞，
都由同样的晨光映照。

此话以往我就曾说过，
而且我还要一再重复：
老生常谈经一番琢磨，
神圣诗句便脱颖而出。

芭贝和浮洛埃都瑰丽丰满，[③]
在博斯[④]，在塞浦路斯海滩，
到处有一样的金发闪闪，
拉里夫拉起源于埃洛埃。[⑤]

水边，德娃依畅快沐浴，
长长的头发披散于肩；
嘉莉洛埃也风姿如玉，

① 紫袍：贵人所穿的华服。
② 伊夫里：巴黎南郊。
③ 芭贝、浮洛埃：大约是山名，分别位于欧陆不同地点。
④ 博斯：即巴黎地区。
⑤ 拉里夫拉：法国滑稽歌曲的重复呼声；埃洛埃：古希腊庆酒神节时歌咏的重复呼声。

遐思于阿比多斯大殿①。

来吧，让市民尽情嬉戏，
结识林中长角的神怪②！
朋友们，德妮丝③的胸衣
比得上维纳斯的腰带！

2

所以，逃出巴黎，莫犹豫！
暂且把陶陶尼④抛一边！
到野外畅快地喝酒去，
我们陶醉于春光无限。

去庆贺遍野百花争妍，
走吧！让我们纵情欢笑，
同神女和花魁共翩跹，

① 这一节诗实在匪夷所思。如果说德娃侬是指法国女子，那么嘉莉洛埃又是谁？

② 原诗点出神怪之名萨蒂尔。这是神话中伴随酒神吹笛跳舞的羊蹄精怪。后人用以隐喻淫荡的人。

③ 德妮丝：法国女子名。

④ 陶陶尼：巴黎有名的咖啡馆，在泰布街口，意大利剧院附近。

歌舞场哪管泼皮恶少！

把书本刊物统统抛掉！
埋首书堆已令我憎恨。
咱们何不去摘小核桃？
夏天的景物多么宜人！

朋友们，到郊区就足矣！
花谢巴黎，却艳缀四乡。
弗洛尔①本来与风同居，
后来才与布吕奈搭档②。

在乡间，诗句能变诗章；
在巴黎池塘就是阴沟。
我知道有些哲学家狂妄，
高喊“有吕泰斯③就足够！

“乡下怎能比得上城里！”

---

① 弗洛尔：花神，又是当时巴黎一位红坤伶的芳名。

② 布吕奈：当时一位男演员之名。

③ 吕泰斯：高卢时期的城市，建于塞纳河中的岛上，即现今巴黎市内的“城岛”，是巴黎的发祥地。

每当伏尔泰这样起哄，
孩子，良知总不免生气，
要训斥达米拉维尔[①]寓公。

3

田野的夜晚肃穆万分，
灿烂的白昼笑得天真，
黄昏，婆娑枝叶渐隐，
黄昏虽美，且看那早晨。

那早晨，满天堆起彩霞，
一片光晕中黑夜消遁，
精明外交家显得呆傻，
牧童倒仿佛城府颇深。

破晓的天上月儿未落，
像金花亮在深深绿茵；
矢车菊在大地上闪烁，
像金色田野的蓝星星。

① 达米拉维尔：大约是伏尔泰的居留地。

鸟儿竞飞，牛哞哞叫，
欣欣然，枝头树叶舞动；
随着逐渐扩展的光照，
越转越大的是那晨风。

空气在颤动，波声浩荡，
灵魂都敞开自己胸襟；
当曙光照亮田野村庄，
宇宙深信意识已觉醒。

4

走出巴黎和陋室蜗居。
因岁月易逝，去日苦多，
倒不如向苜蓿地扑去，
一直潜入爱情的心窝。

让亲吻连接抑扬诗韵，
想当年柏拉图在林中，
听到双簧管乐音如薰，
七情六欲竟为之触动。

房弗[1]有大片宽阔草地，
维尔达夫雷[2]有意放纵
丘比特们玩耍和嬉戏，
更不管他们娇嗔撒疯。

那里，游乐、欢笑和戏闹
在光影浮动的树林下，
追逐明媚春光的喧嚣。
变幻的美梦，岂问真假？

特里埃尔[3]水光潋滟，
阿斯尼埃[4]轻波回荡，
一群小天使笑得多甜，
结伴航行在塞纳河上。

雅典的盐、塞纳河的水，
融合得如此精妙绝伦，
唯有一事尚不算完备，

① 房弗：巴黎南郊，著名的米什莱中学所在地。
② 维尔达夫雷：巴黎西南的小镇，距巴黎五公里，有花园、古堡等名胜。
③ 特里埃尔：在塞纳河上游。
④ 阿斯尼埃：在巴黎西北两公里处。

雅娜，你不该没有情人。

既已陶醉，且放浪形骸！
跟随畜牧神[①]四处漫游。
让酒神的庆典卷土重来，
那本来就是歌剧的源流。

且教吉夫[②]审慎冷漠的
正人君子们情怀激奋，
孩子，但愿南台尔[③]响彻
埃穆斯[④]山中的悠悠笛声！

让牧神在樊塞纳[⑤]安歇，
何必请教阿里斯多芬？
他虽博学，却不避猥亵，
像太阳一样咄咄逼人。

不妨笑傲市长和官员，

① 原文为潘，希腊神话中的牧神，头上长角，脚为羊蹄。
② 吉夫：巴黎西南二十六公里，塞纳河畔的小镇。
③ 南台尔：上塞纳省首府，位于巴黎以西五公里。
④ 埃穆斯：希腊色拉斯地区的一座山名。
⑤ 樊塞纳：巴黎东郊小镇，有森林、古堡。

潇洒吾侪来把苹果啃，

这苹果如诗属于田园，

上面有莫虚斯[1]的齿痕。

① 莫虚斯：据雨果称，这是一位公元前2世纪生于叙拉古的诗人，曾模仿希腊诗人阿纳克瑞翁写了不少情诗。

读柏拉图忽发奇想

我正在读柏拉图，
俄而起身去开门，
迎面却见一丽姝，
竟是我心中的美人①！

面对这绝代佳丽，
我还顾不上说话，
梦想却已经展翅，
飞在茫茫金光下。

她穿淡灰色短裙，
登上清脆的楼梯；
蓝眼睛目光炯炯，
清亮得有如晨曦。

---

① 雨果原诗的第三节第四行为："我瞥见了莉戈丽，也就是我的杜吕莱。"按：莉戈丽是拉丁诗人维吉尔在《牧歌》中咏唱的美人。而杜吕莱则是拟声词，用于歌谣中的重唱。

她唱着一首街头
流传的民间歌谣，
那歌声出自她口，
仿佛是道道光毫。

天仙轻佻的脸盘，
把柏拉图音容遮断；
她下巴有丝带轻绾，
系住了头上的光环。

她的声音多妩媚，
肩披一方羊绒巾，
手里拿着奶一杯，
笑容如火暖人心。

斐同篇[①]给我胆量，
我冒昧地开了言：
“小姐谨请多原谅，
你莫非就是天仙。”

① 斐同篇：即柏拉图的《斐同篇》，假托哲学家斐同转述苏格拉底在临终前与弟子们的对话。苏格拉底说，死并非不幸，死去的只是肉体，而净化的灵魂是不朽的。

贫　　穷

腰缠万贯不算幸福，
得看他是否招人爱；
王宫未必胜过破屋，
有爱情到处都自在。

曙光照临蓬门荜户，
陋室也能胜似天堂，
绳床咿呀并非诉苦，
声声道出温馨欢畅。

钱多不免多添烦愁，
财少活得格外轻松；
哪怕穷得一无所有，
恩爱依然情切意浓。

在卢浮宫解衣宽带，

岂比陋室更销魂魄？
难道四壁富丽光彩，
能增添情爱的快活？

大地充满蓬勃生机，
它崇高、圣洁而神秘，
赤裸的夏娃一出现，
万物皆隐，碧空如洗。

一俟理想跃居五内，
神魂时已如痴如醉，
犹如林中和风轻吹，
谁还在乎荣华富贵？

贺拉斯[①]爱莉迪时很穷；
努米比亚的大理石，
对于增强情爱无用，
纵然能筑就豪华浴室。

爱情本是草地花朵。

① 贺拉斯：公元前65—前8，罗马诗人，诗作甚丰，并著有《诗艺》传世。莉迪为其诗中的美女。

哦，维吉尔[1]纵然没有
出入宫廷的富丽衣着，
艾格蕾的美艳依旧。

女人啊，我们作赋吟诗，
直陈胸怀，不辞辛劳，
歌颂你们，所为何事？
只求你们露齿一笑。

谢尼埃[2]和普劳贝斯[3]
并没有为你们增添
回眸传情的绰约风姿，
横卧锦床的灼灼光艳。

姑娘只需梳理整齐，
皮色白净，笑容可掬，
就是贝洛[4]笔下的佳丽，

① 维吉尔：公元前70—前19，拉丁诗人，著有《牧歌集》《农事集》及史诗《伊尼亚德》等。艾格蕾为其诗中美女。

② 谢尼埃：1762—1794，法国大革命时期古典派诗人。

③ 普劳贝斯：公元前47—15，拉丁诗人。

④ 贝洛：这里大约是指夏尔·贝洛（1628—1703），曾有童话传世。

色格雷[1]眼中的仙女。

苏珊[2]解开她的长辫，
唱着歌把头发梳理；
我们的梦想和祝愿，
都随之飞进云端去。

玛戈就是格莉赛纳[3]；
哦，我不禁想入非非，
星光闪烁，碧天无涯，
阿奈特的裙边在翻飞。

夜色朦胧，黑暗无光，
白天衣着已不要紧，
就算她穿粗布衣裳，
肌肤柔滑胜似绸锦。

智者的财富是聪明，
只要称心他都收纳，

① 色格雷：1624—1701，法国诗人。
② 苏珊：一般女子名，下面提到的玛戈和阿奈特亦然。
③ 格莉赛纳：公元前4世纪时的希腊名妓，得王宠。

对贵妇不过分崇敬，
对贫女也从不害怕。

爱情二字但说何妨，
大胆出口，不必多虑；
爱若意谓痴心若狂，
情必指涉情态可掬。

贫家女子好比天使，
天使岂曾携金带银？
无钱未必没有欢喜，
试看莺燕追逐山林。

自我坠入情网以来，
整日只知快乐歌唱，
歌声岂能带来钱财？
珠玉不缀山鹑翅膀。

难道仪态还需镶金？
何尝有人给美镀银？
一见贫女婀娜前行，
顿觉丽日煌煌照临。

合　卺　曲

潘克拉斯[1]有娇妻同眠，
印度公鸡同黄鸾配对；
待太守把鸳鸯谱乱点，
美满婚姻从此无嗟悔。

墨迹斑斑的冬烘老鬼，
竟搂着佳丽招摇过市；
丑男领美女去赴舞会，
朝阳与垃圾结成夫妻。

兽神和花神合卺成婚，
这故事本已陈旧不堪。
试问世间若没有丑人，
女子又何必如花娇艳？

① 潘克拉斯：莫里哀喜剧《包办婚姻》中的人物，身为医生，面目可憎，且迂腐不堪。

花瓶里插着一枝藤莲，
在瑟瑟哆嗦，早春苦短！
我觉这花太稚嫩可怜，
花瓶重得像污泥一团。

腓力斯[①]女子俏丽可爱，
腓力斯汉子粗俗不堪，
粉肩却依偎粗汉胸怀，
竟喃喃立誓：海枯石烂！

丘比特[②]本是任性小孩，
糊糊涂涂把命运安排；
别看他天真笑逐颜开，
好事从来都被他弄坏。

要命的爱神！可爱，可恨，
你怕他胡来，他偏胡来；
因为他稚嫩，作孽至深，
因为他调皮，更需膜拜。

① 腓力斯人为地中海东岸的古代居民，一般泛指没有文艺修养的粗俗的人。
② 丘比特：希腊神话中的小爱神。

大自然充满爱

大自然充满爱，雅娜，
就在我们欢乐的周围；
一朵接一朵开放的花，
仿佛有意让你赞美。

好，安杰莉克[①]！呸，奥尔贡[②]！
经我们齐声咒骂，寒冬
在步步后退，咕咕哝哝，
逐渐消失在云雾之中。

我们的心境安详宁静，
无限幸福在其中陶醉；
得胜的春风染绿树林，
宁静更衬托枝叶葳蕤。

---

① 安杰莉克：女子名，一般指纯情女子。

② 奥尔贡：莫里哀喜剧《伪君子》中迷信而专制的父亲。他轻信伪君子塔尔丢夫的花言巧语，逼女儿与伪君子结婚。

六月把鲜花盖满山巅，
并乐此不疲洒遍人间；
可是我们何曾埋怨？
玫瑰再多，也不讨嫌。

春燕款款飞在你额前，
因你的眼睛清澈如天；
那么近，你简直能看见
翅膀羽毛的丝丝纤纤。

你的优雅是迷人的光芒，
你的青春如童贞无瑕，
它把碧落映照得亮堂，
又在周天铺满朝霞。

纯洁的百合喜开笑颜，
为与你相像而庆幸；
你的心灵是一坛信念，
鸽子愿意飞来畅饮。

祖孙兵（选）

李恒基　张秋红　译

何谓人世间

何谓人世间？让灵魂经受风雨。
我们是漂泊的船夫，摸黑苦旅；
处处暗礁，我们却误以为港湾。
呼号，欲望，冲动，爱情，痛苦，心愿，
像扑面袭来的暴雨，使人迷茫；
这一切其实犹如妓女的迷魂汤，
我们却称之为幸福，抱负，成功；
约伯[①]痛苦说道："我什么都不懂！"
帕斯卡尔[②]颤声说："我竟何所思？"
教主、皇帝、君王谁不残暴专制？
造就他们的是地狱里的撒旦；
更有命运日夜在转动着绞盘，
绞盘下涌出源源不绝的苦难，
哲学家们谁不吓得声噤心颤？

① 约伯：《圣经》人物，有七子三女，家产丰厚，为信奉上帝，甘受失子丧财的考验。其事见《旧约·约伯纪》。

② 帕斯卡尔：1623—1662，法国哲学家。有《思想录》传世。

面对虚妄的撕咬，混乱的谎言，
人类毕竟还能够清楚地看见：
除却丧乱、堕落蹂躏人间之外，
还有更权威的东西不失清白。
既然人的良心，人的精神尚存，
尽管往昔黑暗，明天仍然混沌，
仇恨、冲突、恶战频仍，岁岁年年
像缠住我们前进的条条锁链，
最优秀的人也难免留有悔恨，
从哭泣的九天更有狂风阵阵
吹落人间，掀起无穷无尽波澜，
繁杂世事黑压压如枝蔓纠缠，
既如此，何不把苦难全都看穿？
不让烦忧的幕帘把目光遮断，
看到帘后有无限祥和的景象，
碧空缀满星星，在悄悄地闪亮；
所以上帝把诗人安置摇篮旁，
看婴儿们香甜地沉睡在梦乡。

（李恒基　译）

乔治与让娜

我呀，一个小孩就使我完全神魂颠倒，
我竟有两个：乔治与让娜；我把一个当作向导，
把另一个当作光明，一听见哭声我就连奔带跃，
因为乔治刚满两岁，让娜只有十个月。
他们生存的尝试显得那么笨手笨脚；
看着他们那微微颤动的语言的幼苗，
我仿佛望见一角青天在飞逝，在消散；
我目送着每个黄昏，我目送着每个夜晚，
我黯淡而冷酷的命运失去了光芒，
我激动地喃喃自语："他们就是曙光。"
他们那难懂的对话为我打开了眼界；
他们交流着理性的启示，互相领会，彼此了解，
你可清楚这一切使我怎样地浮想联翩！
在我的心灵深处，愿望，计划，荒诞的观念，
聪明的主意，都随着他们温柔的眼神
纷纷降临，我成了一个耽于幻想的老人。
我再也感觉不到引诱我们邪恶

与驱使我们的命运那神秘而隐约的恫吓。
摇晃着学步的孩子是我们最好的支柱。
我凝视着他们，我听见他们的欢呼，
我感到欣慰，我的心因他们而归于平静；
我接受了清白无辜的人那神圣的决定，
我有生以来一直如此；每当面临
升起朴素的火焰的纯洁的生命，
在痛苦中犹如在顶峰，我从来不知道
还有什么比占据我们心灵的遗忘更美好；
在我们往往阴郁而黯淡无光的时代里，
我久久凝望这来自摇篮与安乐窝的晨曦。
每天黄昏，我去看他们入睡。从平静的表情，
我在眼花缭乱中辨认出棕榈树的阴影，
当升起时刻的繁星发出一片光芒，
我喃喃自语："他们在梦中会将什么怀想？"
乔治梦想着蛋糕、狗、猫、公鸡
与漂亮而奇异的玩具；让娜幻想着天使。
于是，苏醒时，他们那张开的双眼大放光彩。

唉，他们来到我们逃之夭夭的时代。

他们说个没完。他们说什么？是的，好像鲜花

对林间的清泉讲话；好像他们的爸爸
查理，孩子啊，从前对他们的德德姑妈
讲话；好像我过去沐浴着阳光对你们讲话，
哥哥啊，当我们那风华正茂的父亲
看着我们玩耍，在罗马的兵营，
骑在马上，佩起他的长剑，显得格外幼小。
让娜呀，她的眼底收入了勿忘草，
她微微张开她那柔弱的手指要抓住影子，
她几乎没有依然配上翅膀的手臂，
让娜牙牙学语，听起来宛如隐约的歌声，
乔治快要长成个小男孩，美得好比天神。
这不是话语，啊，碧空，这是圣言；
这是清风、森林与大海的波澜
如怨如诉地吟咏的无限的纯洁而美妙的诗；
向导雅松[1]、帕利尼尔[2]与蒂夫洛斯
曾听见美人鱼以如此动人的声音
发出因深渊而显得模糊的赞美的低吟；
这是洋溢在五月每个角落里的音乐，
这音乐激起今日爱的欢乐或旧日爱的喜悦；

① 希腊神话中，雅松曾带领阿耳戈英雄去觅取金羊毛。

② 帕利尼尔：特洛伊王子埃涅阿斯的向导。据维吉尔史诗《埃涅阿斯纪》第五卷，帕利尼尔被海浪夺去生命，埋葬于卢卡尼亚岬角。

这是新生的婴儿闪光而又朦胧的语言，
生活将他们吸引到自己的窗前，
面对着四月，他们欣喜若狂，来回彷徨，
向着春天无边无际的窗口嗡嗡作响；
让娜对乔治说的这些神秘的话语
是天鹅与红喉雀合唱的赞美田园的歌曲，
是那些蜜蜂产生的疑问，
是幼稚的百合向深沉的麻雀的探询；
这一片悦耳的声音的神奇的底细，
这窃窃私语，这难以形容的被祝福的影子
喋喋不休，结结巴巴地发出幻觉中的声音，
也许还不断地说明各种原因；
因为小孩昨天还在天堂里，
早就熟悉人间所茫然无知的秘密。
啊，让娜！乔治！你们的话语将我的心弦扣住！
假如繁星唱起歌来，那歌声也会如此模糊。
繁星的脸转向我们，发出金黄色的异彩。
啊！我所钟爱的陌生人，你们从哪儿来？
让娜显出惊讶的神色，乔治射出勇敢的目光。
他们走起路来摇摇晃晃，依然陶醉于天堂。

1870年8月8日于上城寄庐

（张秋红　译）

让娜在沉思

娇嫩的让娜沉着脸独坐草地；
我问她：你是否想要什么东西？
因为小孙孙要啥我都从命，
我悄悄观察她，总想要弄清
纯洁的小脑瓜究竟想些什么。
让娜回答说："我就想看看动物。"
于是我指指草丛里一只蚂蚁。
"看吧！"可是让娜并不十分满意。
"不，动物又高又大！"

　　　　　　　　她总梦想
宏伟壮观，爱去海边遥望汪洋；
拍岸的涛声使她安静入眠，
叱咤的风云教她如痴迷恋。
她喜欢惊险，喜欢巨大辉煌。
我说：我跟前可没有一头大象。

别的东西行吗？一定想法弄到。
让娜伸出小手，指指苍天说道：
“我要那个。”这时暮色徐徐下降，
只见一轮明月涌现地平线上。

（李恒基　译）

你们要月亮？

啊！你们要月亮？井底的那个行吗？
不，要天上的。好！我给你们去拿。
不行，我拿不着。每次都是这样：
你们别出心裁，嚷着要天上月亮，
我就伸出双手，去抓飞驰的福贝[①]。
偏偏我洪福临头，有幸当上祖辈，
同时我也因此，惶惶然不可终日。
看着你们，我想：虽有好运可恃，
但真正的幸福，我可能享受不到。
听我说，乔治、雅娜，你们是否知道：
上帝了解世人，明白爷爷的胆量，
因为他本人就跟当爷爷的一样；
什么事得提防，上帝的心中有准：
他唯恐爷爷糊涂，一心讨好孙孙；
他知道你们说句话我必定从命；

① 福贝：月神，此处比喻月亮。

为了不让人们触碰月亮星星，
他得把它们放在牢靠的地方，
于是他用钉子把它们挂天上。

（李恒基　译）

摇 篮 曲

我守着你。别害怕。我等着你坠入梦境。
那些天使会来亲吻你的面庞。
我不希望随着你进入那神情
　　凶恶的梦乡。

我希望在梦境中看到你让我拉着小手，
清风将雷雨的吼声变为瑶琴的乐音，
阴森的黑夜来到你的梦乡漫游
　　并露出笑影。

诗人对那些颤动的摇篮十分留神，
他向它们倾诉衷肠，说着亲切的悄悄话；
他是它们的情侣，他的歌声
　　好比玫瑰花。

他比四月那洋溢着芬芳的草坪

与五月那吸引飞鸟前来掠夺的花坛更淳朴；
他的歌声是灵魂的颤音，
　　连蜜蜂都嫉妒。

他热爱这些丝织的镶有花边的安乐窝，
在凉爽的家里，他感到喜上心头，
这喜悦令人放声大笑，这欢乐
　　带有泪水般的温柔。

他是天真烂漫的欢乐的出色的播种人，
他满面春风。但假如那些国王及其无数仆从
来了，假如他看见雌虎透过昏沉的阴云
　　露出发光的瞳孔。

假如他看见从梵蒂冈、柏林或维也纳
投出一个圈套，抛出一部圣经，走出一股匪帮，
他就拍案而起，挺身而出，他立刻
　　就变得令人惊慌。

假如他看见罗马这蛇怪，依纳爵[1]

① 依纳爵：1491—1556，全名依纳爵·罗耀拉，天主教耶稣会系教皇反对16世纪欧洲宗教改革运动、维护教皇统治、扩大天主教势力的重要工具。

这蜘蛛或俾斯麦这秃鹫犯下种种罪行，
他就发出怒吼，他就感到他愤慨的诗节
　　涌起惊涛，大发雷霆。

这毫无疑问。再没有歌声。他所憧憬的前程，
世界人民及其权利，那些国王及其顽抗，
犹如一阵急速旋转的暴风雨让这灵魂
　　归于消亡。

他四处奔走。法兰西啊，请恢复你往日的勇敢！
啊，力挽狂澜！人们看见这奋起抗争的诗人
让上帝照亮心灵，让利剑的光焰
　　充满眼神。

于是他的思想，宛如船首在大海上奔腾，
宛如旗帜在激烈的鏖战中飘扬，
成为一辆曙光的大马车，转动起车轮，
　　展开了翅膀。

1875年7月7日

（张秋红　译）